20世紀最後の戯曲集

野田秀樹

新潮社

20世紀最後の戯曲集　目次

〔表紙カバー〕
写真・加藤孝／アート・ディレクション・平田好
〔装幀〕
新潮社装幀室

20世紀最後の戯曲集

私こそパパラッチである

ノンフィクション演劇などあるはずがない。

演劇はどう転がっても、嘘八百の世界であり、「事実に基づいた」などと言ったところで、つくられたもの＝作為からは逃れられない。

この芝居は、自分の稀有な体験から書き始めた。生涯に一度と思った。その生涯というのは、私の生涯だから、そこでとどまっていればいいものを、そこがモノ書きの生来の卑しさであろうか、他人の生涯までひきずりこんだ。

この芝居には、いくつかの実名とエピソードが登場する。とりわけ、今は亡き、一人の若き報道写真家の名がでてくる。こと、彼に関しては、どこまでが本当でどこからが嘘か、わからぬようにしてしまった。私は書き終えた時、演劇は作為なのだからそれでいいと思っていた。だが、彼の生家である佐賀県武雄の実家を訪れ、彼ののこした膨大な写真を目の前にした時、今度ばかりはしてはいけない事をした気がした。

その若い魂は、まだ生々しいぬくもりをこちらに感じさせるほど、力強い写真を撮っていた。その写真が、彼の作為というものが、まだこうも生々しく息をしている以上、私の作為で踏みにじっていいものだろうか、作為の自由をふりかざし、人を踏みにじる、私こそパパラッチである。

まさしく、これから皆さんが御覧になるこの芝居の中でおこるできごとが、本当に私におこってしまったのである。

これは見世物小屋の前口上と同じで、これから御覧になれば、それはハッキリとすることなのだが、その若き報道写真家から、少しでも美しいイメージを感じとるとすれば、それは皆な彼の作為＝写真に由来するものであり、ギョッとするような醜いイメージを彼の中に見るとすれば、それは皆な私がでっちあげた私の悪意＝演劇である。

それでも、私はこの芝居を見せようとするし、皆さんはのぞこうとする。その正体は、人間の好奇心であろう。これから舞台の上にそのバケモノが現れる。ただ見世物小屋と違うのは、お代をすでにとってしまっているところだ。見てのお帰りではない。見たらお帰り、である。

（一九九八年〜九九年「Ｒｉｇｈｔ　Ｅｙｅ」公演パンフレットより）

Right Eye

『赤い地の果てに　あなたの知らない
愛があることを　教えたのは誰
風の便りなの　ひとの噂なの
愛を知らないで　いてくれたならば
わたしは今も　あなたのそばで
いのちつづくまで　夢みてたのに』
（カーン・リー『美しい昔』より）

右が黒、左が白、それだけの舞台。
黒の領域に白いベッド。
白の領域に黒いベッド。
怯えた表情の少年M、瞳の先には銃口。
少年Mと銃口の間に、
カメラを構えた男F。

N　咄嗟に彼は、カメラを構えていた。そして、今まさに銃で撃たれんとする、死に怯えた少年の顔を——。

シャッター音。

N　彼は撮った。

銃声。

N　彼がそのシャッターを押し、数秒後に少年の体は吹っ飛んだ。咄嗟に彼は、少年の前へまわりこんで、もう一度シャッターを押した。

F　やった、やった、やったぞ！

N　そして亜熱帯の森へ逃げた。自由とカネと栄光を手にする為に。

カメラを二台、首にぶらさげ、男Fは呼吸も荒く、森を抜けていく。

F　この森を抜け峠を越えれば、明日の朝、俺はロバート・キャパになっている。

N　夢が足を軽くした。昼前には森を抜け、彼は峠の麓に着いていた。……『7』。見覚えのある数字。行きしなに彼がそこで標した、峠の向こうからの時間。

F　あと7時間だ。7時間で峠を越えられる。そして俺はロバート・キャパだ、戦場で撮った一枚の写真が俺を神様に変える。

N　泥の皮を被った密林から、ぽっかり群青の空が見えた。峠の天辺は近い。

男N、ワープロの前にすわる。

N　(キーを打つ)「お、う、し、に、ちゅ、う、い」いや、「巨大な牡牛に注意」。

F　巨大な牡牛に注意?

N　彼は、奇妙な看板を見つけた。

F　こんなところに?

N　いたずらか?

F　万一いたとしても、そんなものが怖くて、戦場で写真が撮れるか、どうせ靄で大きな岩が、巨大な牡牛に見える、そんなところだ。

F、なにかをじっと凝視する。

F　しかし、あいつが目の前に現れた時は違った。岩か動物かなんて迷うどころではない。

N　現実は曖昧さや幻想とは無縁なものだ。確かに現実は、巨大な牡牛の顔をしていた。

F　うわあっ!

一心不乱に逃げるF。

激しく、ワープロを打つ男N。

F　俺は一心不乱に走った。何かを踏み外した。

N　崖か?

F　気がつけば、左足が体の下でひどく捻れている。俺の左足はスパゲティに変っていた。色も柔らかさも茹ですぎたスパゲティだ。おーい。

N　(こだまとして)おーい。

F　おーい。

N　おーい。

F　おーい……今の声が誰に聞こえる。ここらに人などいるはずがない。聞こえるとしたら、あの牡牛にだけだ。ここはまだ、あの牡牛の領分だ。もう助けなど呼ぶな。助けはこない。自分の力で峠を越えるのだ。

N　スパゲティの左足で?

F　俺にはまだ二本の腕と右足がある。これは生き延びる為の闘いだ。

N　生き延びて、峠を越えれば、俺はロバート・キャパに、写真の神様になる男なのだ。

N、立ち上がる。

Fは、身動きがとれない。大岩と大岩とのあいだに挟まっている。

N、転じて、野田　吹越、出かけるぞ。

F、転じて、吹越　え？

野田　もう出来たも同じだ。

吹越　じゃあ、一気に書いてしまった方がいいんじゃないですか。

野田　後は、あれをああしてこうしてこう書けば……俺の頭の中では、もう完成している。

吹越　そう言ってから、いつも一ヵ月は掛かりますよ。

野田　そのことをいつも忘れる。思い出すのは一ヵ月後だ。

吹越　この男の左足放っといちゃ、可哀そうですよ、スパゲティですよ。

野田　作り話だぞ。

吹越　人形の髪の毛だって伸びるんですよ。

野田　それが作り話だろう。俺は近頃作り話は嫌いなの。今俺が打ち込んでるのは、ノンフィクション演劇なんだよ。

吹越　なんですかそれ。

野田　実際に起きた出来事だけで、物語が紡ぎ出されていくんだ。だから机の前にしがみついているだけじゃダメなんだ。街へ出るんだ。仕事を捨てて。

吹越　街を捨てて、仕事をしてください。

野田　お前、演出助手だろ？　それとも敵の回しものか？

吹越　なんですか。

野田　敵か！

吹越　また、訳の分からないことを。

野田　じゃあ体を鍛えにいこう。……その頃私は、体を鍛えることにムキになっていた。

トレーニング・ジムに変る。

女性インストラクター　はい、前、前、バック、バック、ライト、ライト、レフト、レフト、はい、ターン、ステップ。

吹越　書き終ったらすぐに役者ですもんね。

野田　ふん、書き了えればな。
吹越　あのカメラマンの左足は治るんですか？
野田　誰？
吹越　今書いている芝居の。
野田　ああ……どうしよう。
吹越　決めてないんですか？
野田　ま、生かすも殺すも、俺の腕次第ってとこかな。
吹越　ノンフィクション演劇だから、あの話事実に基づいてるんじゃないんですか？
野田　あのカメラマン、七年間行方不明なんだ。
吹越　じゃ、左足がスパゲティになってるかどうかなんて分からないじゃないですか。
野田　ブリュッセル公演の下見に行った時、劇場の外でパスタ食ったんだ。トマトソースの。
吹越　（野田が別のトレーニングを始めたのに驚いて）え？　まだやるんですか。
野田　その時思いついたんだ。茹ですぎたスパゲティのように、ぐにゃぐにゃになった左足。
女性インストラクター　今から中央にある四百メートルトラックを開放します。
野田　俺ちょっと走ってくるわ。
吹越　俺休みます。
野田　今日、体がすごく調子いいんだ。（外へ出ていく）
吹越　あまり寝てないんですから、ちょっとセーブをした方が……。
野田　（外から戻ってくる）ふー！
吹越　ずいぶん長く走ってましたね。
野田　ついでにプールで泳いできた。
吹越　じゃあ少し休みましょう。
ルームランナーをやっている女　野田さんですか？
野田　あ、はい。
女　いつもすごいですよね。飛んだり跳ねたり。
野田　どうも。
女　普段から鍛えてらっしゃるんですか？
野田　え？　まあ。（休むのをやめて、ルームランナーで走り始める）
吹越　普段は怠けてんですけどね。
女　舞台で怪我とかなさらないんですか？
野田　今年はガタがきちゃって、いろいろ。
吹越　ポカリ飲みますか。
野田　いらない。
女　大怪我すると、お芝居は途中でやまっちゃうんですか？

野　田　役者の性がやめさせないんです。

女　役者の性？

野　田　佐賀の役者じゃないですよ。

吹　越　ふー。

野　田　舞台上で、5メートルの高さから落ちて腎臓パーンて破裂した時も、役者の性が猫みたいに立ち上がらせるんです。やっと終って楽屋に来た客が「あの高さから、毎日落ちるの、結構大変でしょう?」って、こっちは腎臓痛くて、「早く帰ってくれ病院へ行きたいよ」って脂汗流してんのに、帰らないんだまた、そういう時に限って、いつまでも茶すすりやがって、客なんて終いには、役者が目の前で本当に死ぬのを見たいんじゃないかな……。（女はもういない）あ、疲れた。ゲロ吐きそう、吹越。

吹　越　そうですよ。別に客が見てる訳じゃないんですから。

二人休むためにすわろうとした時。

女性インストラクター　これから、Cルームで、リズム体操が始まります。

野　田　（立ち上がる）

吹　越　え？　やるんですか？

野　田　そして、運命のリズム体操が始まった。リズム体操の最後の四曲目、それは忘れもしない田原俊彦の曲だった。

運命のリズム体操しばらく続く。

野　田　あ……。（リズム体操を突然やめる）

吹　越　え？

野　田　あれ？

吹　越　なんです？

野　田　右目が見えなくなった。

吹　越　コンタクト、落としたんですか？

野　田　いや、そういうんじゃあないな。

吹　越　冗談じゃなくて？

野　田　ああ。

吹　越　ちょっと、そこで座って休んでたら戻りますよ。

野　田　うん。

吹越、一人でリズム体操を続ける。

不安そうに座っている野田。
間。

野　田　吹越、俺、治る自信がないんだけど。
吹　越　(エアロビをやめて) え？　どういうことですか？
野　田　俺もなんだか分からないんだけど。
吹　越　ほんとに、コンタクトじゃないんですか？
野　田　なんか俺、こうしててもダメな気がするんだ。
吹　越　病院にいきますか？
野　田　すぐそこだしな。
吹　越　歩けますか？
野　田　(右目を擦って) シャッターが下りたみたいに見えなくなった。

吹越、転じて、医者。
そこは病院。

医　者　(中国人訛がある) はい、そこすわて。
野　田　土曜日の救急外来に現れたのは、中国人のインターンだった。その中華料理屋ナマリが、この後続く深刻な事態を喜劇に変えた。
医　者　見えないね、いいね。
野　田　いや、よくはないけど。
医　者　モマク (網膜) にキズついたかな。

医者、野田の右目を覗き込む。

医　者　あ、これタメよ。
野　田　その医者は本当に「タメよ」と言った。
医　者　タメヨ、これ、いつ見えなくなたの？
野　田　十分もたってないと思いますけど……なあ吹越。
医　者　これね、三十分のうちに見えないと、タメヨ。
野　田　タメって、見えなくなるっていうことですか。
医　者　見えなくなるよ。これね、血のカタマリがね、つまたよ。
野　田　あの、どこに？
医　者　目とノ (脳) をつないでいる血管よ、早くね、その血のカタマリ流してノ (脳) のところ生き返らせないと、ノはね、一度死んじゃうと、他のサイボとちがて、生き返らない。三十分ね、死んでから三十分のうちに、血流れないと、目、見えるところのノ (脳) 生き返らない。
野　田　あの、どうやったら、その血の塊はながれるん

医　者　ですか？
今日、トヨービだものね。（電話）あ、もしもし、うん上に……そう、ない？　うん、あたら、すぐにもてきて。（電話きる）

間。

野　田　あの……三十分以内ですよね。
医　者　そよ。
野　田　三十分で戻らないと、右目が一生見えなくなるんですよね。
医　者　そよ。
野　田　「なんか、のんびりしてませんか」とは言えなかった。
医　者　ちょと遅いね。
野　田　手術とかそういうことを、するんですか？
医　者　手術してもむた、ただ、つまてるもの流す。
野　田　どうするんですか？
医　者　今、看護婦、五階からもてくるマスクして、酸素減らすと、血、いっしょけんめ流れよとするから、かたまりを押す。
野　田　手品の説明を聞いているようだった。なに、吹越、え？　十分たった、ここに来てから？

看護婦、入ってくる。

看護婦　先生、これですか？
医　者　あー、ちかうよ、これ。他のなかた？
看護婦　見てきます。
野　田　また、五階に行くんですか？

看護婦、去る。

野　田　けっこう、なんか、気持ちはあせるな。
医　者　これね、モマク、チュシン、ドミャクケセンていうビョキね。
野　田　モマク、チュシン、ドミャクケセン。
医　者　モマクチュシンドミャクケセンショ。
野　田　ああ……網膜、中心動脈、血栓症。
医　者　あんたいくつ？
野　田　33です。十年前は。
医　者　目に起る三大奇病よ、わたしはじめて見た。しかしながらワカイ人には、おこらない。

電話、鳴る。

医　者　え？　あー、それちがうよ。抽斗のところ？　わかた、もう。それ、いい。も、いい。

野　田　「いや、勝手に諦められても……」とは言えなかった。

医　者　いい、いい、とにかく、もてきて。

野　田　(小声で) これさ、吹越、だめかもな。

看護婦、入ってくる。

看護婦　あの、スタンドも見つからないんです。

医　者　上にあただろう。

看護婦　見てきます。

医　者　も、いいよ。

看護婦　いいですか？

医　者　マスク、代りになるものない？

看護婦　捜してきます。

医　者　なんか口に被せるものない？

野　田　吹越、え？　なにそれ？

医　者　ああそれでいい、それで。

医者、吹越 (無対象) からコンビニの袋を受け取る。

医者、野田の口をそれで覆う。

医　者　これもて息して、酸素減らしてね。

野　田　(シンナーでも吸っているかのように) こんな風でいいんですか。

医　者　いいね。

野　田　目が見えなくなるかどうかを、コンビニの袋に委ねたのは、人類で私が初めてだと思う。しかもノンフィクションである。

コンビニの袋を、シンナーでも吸うように、スーハー、スーハーと吸い続ける。

野　田　(立ち上がって) とうに三十分はたっているのを知りながら、私は、コンビニの袋をかぶり二酸化炭素を吸い続けた。死んでいると解りながら続ける人工呼吸のようだった。母が死んだときを思い出した。誰かが、諦めましょうという迄、それはやめられないのだ。

医　者　諦めよ。

野田　え？

医者　タメネ、もうこれ。

野田　カルテの中に、ＲＩＧＨＴ　ＥＹＥ、右目失明という文字を見つけた。ＲＩＧＨＴ　ＥＹＥを誤訳すれば正しい目、私はもう正しい目ではこの世を見ることができない。これから、この世を見るのはＬＥＦＴ　ＥＹＥ、左目と訳すよりも、のこされた目と誤訳する方が正しくなった。なかなか上手いコトバ遊びだ……喜んでる場合じゃない、なにがのこされた目だ。のこされた目⁉……最も恐ろしい瞬間が訪れた。……あの……。

医者　なに。

野田　あの……この右目におこった病は、のこされた目にもおこるんですか？

医者　どういうこと？

野田　……両方見えなくなったりするんですか？

医者　それないね。

野田　何年か先に、同じことがおこりやすいとか。

医者　たから、それないよ。

野田　中国訛は嘘つかない。あっけらかんと希望をくれる。医者はすべてドイツ語を捨てて中国訛の日本語を覚えるべきだ。どれほど患者に勇気を与えるだろう。

医者　後は心臓とか、ノ（脳）とか、げいん（原因）しらぺるから、にゅいん（入院）するたけね。

入院し、検査をされていく景色の中で、病院特有の身体に対する扱い方が強調される。
「眠れない女」が病院の廊下を歩いていく。

眠れない女　11月28日、今日も眠れない、と廊下を歩行。でもゆっくり歩けば苦しくないの。

野田　夜の病院に入り、私は急激にモノになっていった。完全にモノになる時、人は死ぬ。その事を私は、両親の死で知っていた。今はまだ私は、不完全なモノにすぎない。

声　さしあたって、どんなモノだい？

その声は、隣のベッドからカーテン越しに聞こえてくる。

野田　片目だから、カメラかな？……え？

隣の男　カメラか。

野　田　ああ、ここ二人部屋だったんだ。
隣の男　あんたが寝てるそのベッド、さっき空いたばかりなんだ。
野　田　空いたって？
隣の男　死んだんじゃないの。
野　田　（小声で）うわあ。
隣の男　いやかい？
野　田　わざわざ考えたくないな。
隣の男　病院のベッドが空く時は、死ぬか退院するか、どちらかしかないんだ。病院のベッドは、半分死体置き場だ。
野　田　嫌な奴が隣で寝ていた。
隣の男　死体には三種類ある。
野　田　え？
隣の男　親とか友達、身近な人間の死体、これには手を触れられる。手を触れられないのが他人の死体。
野　田　もうひとつは？
隣の男　触れられないどころか、見ることもできない死体。
野　田　気味の悪い死体だな。
隣の男　自分の死体だ。
野　田　ふうん……一番よく知っている死体が、一番遠い死体なんだな。
声　あきらめちゃ、駄目でしょ。
野　田　え？

隣のベッドとは、逆の方向のブラインドの向こうから女性の声が聞こえる。
女医である。

女　医　君達、大学で何を学んだの？　知性は諦めるためにあるの？　「生まれた以上、必ず死ぬ」のが自明なら、人間なんて生まれてすぐに皆な殺してさしあげればいいじゃないの。
インターンの声　先生、そんなことは言ってませんよ。ただ……。
女　医　なによ。
インターンの声　もう半日経っているから、厳しいかなと。
女　医　ブロックをやってみるわ。
インターンの声　ブロックをですか？
女　医　完全な失明は、まぬかれるかも知れないでしょう。

野田、好奇心でブラインドをあけると、そ

の向こうで、女医が手際よく着替えを始めている。上着を脱ぐ。次に、女医がブラウスのボタンに手をかけたところで、慌てて、
野田、ブラインドを閉じる。

隣の男　早速、カメラの気持ちが分かるようになったか？

野　田　いや違う。遠近感がなくてフォーカスを合わせるのに時間がかかって、何を見てるのかよくわかんなかったんだ。

隣の男　カメラは言い訳しないぜ。

野　田　のぞいてたわけじゃない。

隣の男　のぞきはそんなにムキになるほどいけないことか？

野　田　見ていたんだ。

隣の男　見ていた？

野　田　少しだけ熱心に。

隣の男　それが、のぞくってことじゃないのか。

野　田　たまたま目に入って、思わず見ることに念入りになっただけだ。

隣の男　じゃあ、「これは見てはいけない！」と気がついてから、何秒くらい見続けるとそれがのぞきになるんだ？

野　田　考えた事もない。

隣の男　何秒？

野　田　三秒くらいかな。

隣の男　やってみろよ。

野　田　え？

隣の男　もう一度、そのブラインドをあけてみようぜ。三秒以内ならのぞきにならないんだから。

野　田　いや、二秒かな。

隣の男　じゃ、二秒。

野　田　正しい目をなくした夜にそんなことをする羽目になった。

野田、ブラインドをまた開ける。
女医が着替え終る寸前。
突然、女医こちらを見る。
慌てて、ブラインドを閉める。
しばし、間。
もう一回開けようとする、と、反対の扉から、女医が入ってくる。

女　医　（注射器を手に）担当医の自由です。

野　田　は？
女医自由　名前を言う度に、いつもそうやって聞き返されるの。でも、自由が苗字。聞き違いではありません。（野田の顔を押さえつけて、喉に注射器を当てる）
野　田　（怯えて）は、はい、気違いには見えません。
自　由　ききちがいって言ったの。
野　田　でも、そこは、あの喉、うわあっ、きちがっ！
自　由　安心して下さい。
野　田　「安心なんてできねえよっ」。叫ぼうにも血の気がひいて、後はおぼろになっていった。
声　自由先生、こちらも緊急です。
それは、カーテン越し、隣のベッドからの声。
自由の声　どうなの？
インターンの声　大腿四頭筋腱が、膝蓋骨で完全断裂しています。
自　由　左足ね。左足がスパゲティのようだわ。
野　田　遠のいていく意識の中で、そう聞こえた。
自　由　カメラマンなの？
インターンの声　山の中で発見されたそうです。
野　田　そうか、発見されたのかあいつ。え⁉　そんな、そいつは俺の書きかけの芝居の中にでてくる男じゃないか。
自　由　ベッド、空きがないから、ここに寝かせて。
野　田　俺の妄想の中でつくりあげた、その男の隣に今寝ているというのか？……おい。
F　…………。
野　田　おーい。
F　おーい。
野　田　おーい。
F　おーい。
野　田　おーい。
F　おーい、今の声が誰に聞こえる。人などいるはずがない。聞こえるとしたら、あの牡牛にだけだ。ここはまだ、あの牡牛の領分だ。助けはこない。自分の力で抜け出すんだ。
自　由　急いで、添え木はどこ？
F　そんなものない、代りになるものでいい。
自　由　その傘でいいわ。
F　傘だ！
野　田　隣で何が始まっているのか、わからなかった。

F　不意の雨からカメラを守るために、いつも携帯していた傘が、こんな時に役だった。
自由　丁度いい長さね。
F　上着を裂いてひもをつくった。傘を左足に当て結び付けた。そして、二本の腕で七時間かかったこの峠を、二本の足で越え始めた。
N　猶予はない。陽が落ちれば道を失う。それは多分、死を意味するのだ。

カーテンの向こう、そのベッドのしたから出て来るF。
二本の腕と尻を使って滑っていくF。

F　ヌン、ソン、ヌン、ソン、ヌン、ソン、ヌン、ソン……。
N　止まったら終りだ。どこかで死が待ち伏せしている。
F　ヌン、ソン、ヌン、ソン。
N　二本の腕の醸し出すリズムが、音楽を紡ぎ始めた。筋肉がその音楽を聴いた。
F　なんだか急に何もかもがうまくいく、そんな気がしてきた。
N　筋肉と動作と音楽が、ひとつに溶けていった。
F　ヌンソンヌンソン。
N　今や八人が一人の如く呼吸するボート競技だ。筋肉のオーケストラだ。

弦のきれる音。

F　ただ一つ、弦のゆるんだ楽器、それが俺の左足だった。オーケストラに加われず、音もたてず、ただそこにあった。
N　痛みはない。ただ自分のものである気がしない。
F　さわってもその左足は、俺のものではなかった。
N　川に出た。見覚えのない川だった。
F　渡るしかない。
N　首がやっと出る深さ、二本の腕で支えるには流れが速かった。
F　うわあっ！
N　水にのまれた。
F　カメラ！　カメラ――！
N　首から下げたカメラの一台が流された。
F　まだ一台ある。のこされたこのカメラが俺の希望だ。ここに収められた一枚の写真を、世界中の人間に見てもらうまで、俺は絶対に死なないんだ。

　川を渡りおえる。

N　見上げた空を覆う巨大なガジュマルの樹のその枝葉の隙間から、金の光が降ってくる。

F　少し休もう、うたた寝くらいなら……駄目だ、これは死の誘惑だ、休むな、甘いささやきに耳を貸すな。誰か……誰か、俺を見つけてくれ、仲間を見たい、人間を見たい、人間をこれほどいとおしく、これほど遠くに感じたことはない。

N　カメラで見てばかりいた男が、見つけてもらえなくなる。

F　お——い。

N　…………。

F　無駄と知りながら、俺はまた叫んでいた。お——い。

N　お——い。

F　お——い。

N　お——い。

F　お——い。

N　お——い。

　朝になっている。Fは遠くに消え、野田がそこにいる。

野田　多分私は、その夜、両目の世界に残してきた夢を見たのだ。時折、私は今でも両目が見えていた頃の夢を見る。何故、それが両目の見えていた頃の夢なのか、わからないけれどもわかるのだ。ああ、そう、こんな風に私には世界が見えていた。脳が覚えているのだろうか。幸福に広がるパノラマの、風にうねる緑、一面に躍る黄色い花々、鳥の声が教えてくれる空の高み、こんなにも、こんなにも私には世界が幸福に見えていた。思い出し酔い痴れる頃、朝が来る。目を覚まし、両目をあける。私は遠近感のない片目の世界に戻っている。半分だけの光、半分だけのパノラマ。右目をこすっても、美しい昔は戻らない。

自由　どうですか？

野田　え？

自由　はじめての朝は。

野田　なんだか、うっとうしい。右目をこすりたくなる。
自由　痛みは？
野田　一度もない、ただ。
自由　ただなんですか？
野田　今までは、右目が見えていたから、ここに目玉があるって気がしていた。今はわからない。
自由　動いてるってわからないの？
野田　それで自分の目玉があることも、わからない。
自由　見えなくなった時も痛くなかったの？
野田　全然。カシャッて見えなくなった。だからきっと、命もシャッターのように消える。
自由　それはわからないわ。
野田　それがわかった。
自由　ものを創る人って、どうしてそう、さめたふりをするのかしら。取り乱してもいいのよ。
野田　取り乱すって？
自由　右目の為に左目から涙を流してあげるとか。だってこれは今、あなたの人生に本当におこっていることなのよ。
野田　自分でもおかしいくらい深刻になれない。
自由　心がマヒしてるのよ、創り話に。

野田　創り話に心臓マヒか。いいね、いただき！
自由　心が捻挫できなくなってるの。「痛い！」って捻挫するから、それ以上足は捻れないようにできてる。でも、ものを創る人たちの心は、痛み止めを打ちすぎて、心が捻挫しているのがわからない。どこまでも捻れてしまうの。
野田　創り話によっぽど恨みがあるんだね。
自由　大嫌い。なんで人間が創り話に夢中になるのか、わからない。本当の人生の方が素晴しいのに。
野田　そうかな。
自由　そうよ。
野田　じゃあ先生、テレビとかも見ないの？
自由　見ないわ。
野田　どうして？
自由　短い人生だから。（自由、注射器を持ち出して）ちょっと動かないで。
野田　あ、その注射。それが創り話の始まりだ。
自由　安心して。
野田　できない。注射は腕にさすも……。
自由　おかしいわ、注射に取り乱して。
野田　きちがっ！
自由　（喉にさす）これはブロックといって、今一番

野田　この治療で可能性のある方法なの。右半身をマヒさせて、右目の血流をよくさせるの。
自由　マヒするんですか？
野田　マヒしてるでしょ。
自由　ほんとら。
野田　でも数時間で元に戻ります。
自由　また、あいつが、あらわれれれんか。
野田　誰？
自由　おい。
野田　誰を呼んでるの？
自由　隣のベッドの……。
野田　そのベッドなら、昨日の夜空いたわ。
自由　空いた？

吹越、入ってくる。

吹越　野田さん、劇団の奴らが皆なで見舞にきました……。
野田　おお、あいあろう。
吹越　…………。
野田　どうしら、ふきこふぃ。
吹越　野田さん……。（涙ぐんでいる）倒れた時は元気だったのに、一晩で、そんな。
野田　あ、これは、ちあうんあ、だいじょうぶあんあ。
自由　大丈夫なんですよ。（去る）
吹越　先生まで口裏あわせて。

病室の外で扉を叩く音。

吹越　まずい、劇団員とは会わせないほうがいい。
声　吹越さん、入ってもいいですか？
吹越　駄目だ、入るな！
リホピョン　（入ってくる）野田さん、リホピョンです……。（野田の様子を見て凍りつく）

吹越、リホピョンを慌てて外へ出す。

吹越　見たか。
リホピョン　見ました。
吹越　いいかリホピョン、今見たことは誰にも言うな、野田は頗る元気だと言え。
リホピョン　はい。

野田、慌てて出て来る。

野　田　ちあうんあ、おえあ。
吹　越　いいです、もういいです。他の劇団員に見られてしまいます。
野　田　なおうんあ、おえあ。
吹　越　僕らを安心させようと思って。
リホピョン　強がりは沢山です。

野田を部屋へ押し込む。

吹　越　覚悟しておけ。
リホピョン　はい。
吹　越　劇団は終りかもしれん。

女性プロデューサー（ＰＤ）やってくる。

ＰＤ　どう？　野田、見た目は結構元気なんだって？
吹　越　あ、プロデューサー。
ＰＤ　芝居の続きを書くように、ワープロ持ってきたわよ。（勢いで部屋に入ってしまう）
リホピョン　あ、見ないほうが。
ＰＤ　（出て来る）
吹　越　みちゃいましたか。
ＰＤ　見たわ。

間。

吹　越　どうしましょう。
ＰＤ　さしあたって、ブリュッセル公演は中止。
リホピョン　そうなりますか。
ＰＤ　あの状態で何ができるの。それといい？　片目が見えなくなったことは、外部に漏らさないように。
吹　越　でも公演中止には理由がいるでしょ。
ＰＤ　台本遅筆の為でいいわ。
吹　越　ああ、それなら信じてくれるでしょ。
リホピョン　でも本当の事を言ったほうが。
ＰＤ　本人がそんな事を望むと思う？　ヒューマニストの餌食になるのが、一番嫌いな性格じゃない。
リホピョン　ヒューマニストの餌食って？
ＰＤ　「わあ、かわいそう、右目みえてないのにあんなに動いてガンバッテるんだあ」。そういう見世物になることよ。
吹　越　でも本人は、花園神社で毎年、牛女やカッパの

ＰＤ　Qちゃんを見てるんですよ。
吹越　いや、だから自分も見世物になる以上は、満を持して銭をとりたいってかんがえるでしょ。
リホピョン　十年くらいして芝居にするって事ですか。
吹越　わかりました。皆なには、一時的な視力低下と説明しておきます。
リホピョン　リホピョン。
吹越　はい。
吹越　涙を拭いて行け。

リホピョン、去る。

ＰＤ　知ってる？　この病院に今、夏目雅子が入院してるのよ。
吹越　この病院だったんですか。
ＰＤ　一目写真を撮ろうってパパラッチが、うろうろしてるわ。
吹越　あいつら、見境ないですからね。
ＰＤ　「人間は犬に食われるほど自由だ」。その美辞麗句の密林に隠れてシャッターチャンスを狙ってるのよ。
吹越　これで夏目さんが、万一なくなったりしたら、あいつらどう責任をとるつもりなんでしょう。
ＰＤ　パパラッチの辞書には、「我々が責任をとる」なんていう用例はないのよ。
吹越　どういう用例があるんです。
ＰＤ　使い方は一つ「われわれには、報道する責任がある」。それだけよ。わかる？　報道される奴が、どうなろうが、知ったことじゃないの。
吹越　あいつらが、野田が入院してるのを、ついでにかぎつけた日には、とことんやられちゃいますね。
ＰＤ　夏目のついでに、カタメがやられる。
吹越　ついででやられちゃうのも悲しいですね。
ＰＤ　まあね。
吹越　片目失明って書きますかね。
ＰＤ　片目失明なら、両目失明か？　って書くわよ。
吹越　いくらなんでも、そんな嘘を。
ＰＤ　両目失明か？　よ。「か？」ついてるだけだもの、嘘じゃないでしょ。
吹越　そりゃそうだけど。
ＰＤ　そういう奴らよ。だからいいこと？　絶対に気付かれては駄目よ。

サングラスの男（パパラッチＭ）が歩いてくる。ＰＤと吹越とのすれ違いざまに、吹越がパパラッチＦに変る。

パパラッチＭ　今の聞いたか？
パパラッチＦ　はっきりとは……。
パパラッチＭ　すれ違いざまだったからな。
パパラッチＦ　でも、「のだ」って聞こえました。誰ですか。
パパラッチＭ　芝居やってる奴だ。
パパラッチＦ　ついでに狙っときますか。
パパラッチＭ　夏目のついでに。
パパラッチＦ　何の病気でしょ。
パパラッチＭ　あいつら、産婦人科の方へ行ったな。
パパラッチＦ　妊娠てことにしますか。
パパラッチＭ　嘘はだめだ。
パパラッチＦ　眼科の方に曲がりましたよ。
パパラッチＭ　眼科か、地味だな。
パパラッチＦ　じゃあ、眼科をカタカナにして「野田緊急入院！　ガンか」というのはどうです。
パパラッチＭ　うん、嘘ではないな。

段ボールをもってくる男、パパラッチＮ。

パパラッチＮ　こっちだ、急げ。
パパラッチＦ　え？
パパラッチＮ　夏目の病室がわかったぞ。
パパラッチＦ　どこです。
パパラッチＮ　中庭越しに見えるあの病室だ。
パパラッチＭ　カーテンが閉まってますよ。
パパラッチＮ　早く被れ！

三人のパパラッチ、段ボールを被る。

パパラッチＦ　先輩たち、こういう仕事、空しく思うことないですか。
パパラッチＮ　どういう意味？
パパラッチＦ　僕は、報道写真家になりたかったから。
パパラッチＮ　立派に報道してるじゃないか。
パパラッチＦ　いえ、こういう段ボールを被るのじゃなくて。
パパラッチＮ　何を被りたいんだ。
パパラッチＦ　シャワーのような熱帯の雨を。
パパラッチＮ　うん？

パパラッチF　戦場に行きたかった。
パパラッチN　どこの。
パパラッチF　カンボジアとか。
パパラッチN　とか？
パパラッチF　ロバート・キャパやアンリ・カルティエ＝ブレッソンに憧れて、写真の世界に入ったんです。俺、カンボジア語も覚えたんですよ。
パパラッチN　危ねえぞ、戦場なんて。
パパラッチF　戦場には、自由と栄光とカネがある。一枚の写真で見る人々の心を感動させることができる。
パパラッチN　その感動を売り物にしてピュリッツァー賞を貫いたいだけだろう。
パパラッチF　報道写真ならば、撮る我々もリスクを負わなくてはいけない。
パパラッチM　リスクを負う？
パパラッチF　危険がつまったリュックを背負うことです。危ない目にあって撮ってる、そう感じさせるからこそ、見る人の心をつき動かすんです。我々が犬に食われるほど自由だからこそ……！
パパラッチN　もういい、おまえ犬に食われろ！
パパラッチF　では、何のために倒れる兵士や黒こげの死体が撮られているんです。
パパラッチN　同じ？
パパラッチF　同じだよ。
パパラッチN　のぞきだよ。
パパラッチF　のぞき？
パパラッチM　戦争をのぞいているだけだ。
パパラッチN　うわあ！　すげえ、血だ、すげえこんな死んで、うわあこいつ、これから戦車につぶされるんだぜ。
パパラッチM　かわいそう、ひどいことするねえ。
パパラッチN　よかったわねえ、平和で。
パパラッチM　さてと……。
パパラッチN　夕飯にするか、てなもんだよ。
パパラッチF　そんな……。
パパラッチN　そんなもこんなもねえ、感動なんていうのは、下衆な好奇心が段ボール被ってできてんだ。
パパラッチF　人間はもっと美しいです。
パパラッチN　じゃあ、おまえの段ボールだけ千代紙貼れ。
パパラッチM　大体、今のコトバ、デスクに言ってみろ、殴られるぞ。

パパラッチN、立ち上がり、パパラッチFを殴る。と、そこはデスク。

パパラッチF　いてえ。

デスク　戦場へ行きたいならフリーになれ。

パパラッチF　いえデスク、ただ僕は夏目さんの顔を撮るのが心痛むんです。

デスク　心痛んでる暇などないんだよ、戦場じゃ。

パパラッチF　もしも夏目さんがなくなったら、どうします。

デスク　どうするって、死に顔撮れよ。

パパラッチF　違いますよ。なくなる寸前まで追いつめるんですか。夏の病室のカーテンを閉めっぱなしにさせるんですか。空を見たいかもしれないじゃないですか。無念ですよ。空も見られずに死ぬなんて。

デスク　いいか、夏目の顔を撮れない奴は、戦場で死体の顔だって撮れねえんだよ。病院の壁をのりこえられねえ奴が、どうして戦場の鉄条網を越えられるんだよ。倒れていく兵士たちの顔を、正面から撮るんだぞ。

自　由　自由が、いつのまにかそこに。

あの人もそうやって、正面から撮ってるんでしょうか。

デスク　あ。

自　由　ご無沙汰してます。

デスク　わざわざどうも。

パパラッチF　誰。

デスク　一ノ瀬のフィアンセだった……。

自　由　今でもフィアンセです。自由です。

パパラッチF　は？

自　由　私の苗字です。一ノ瀬とはじめて会った時も、そうやって聞き返されました。

パパラッチF　一ノ瀬さんて、あの伝説のカメラマン？

自　由　伝説じゃありません、生きてますから。

パパラッチF　あ、どうも。

デスク　あいつはいつも、ニコンのカメラを二台首からぶらさげて。

自　由　傘も必ず。

デスク　もう何年になりますか。

自　由　最初の知らせが入ったのが、七年前の十一月の二十七日です。
デスク　ああ、お酉様の日でしたね。
自　由　はじめは逮捕の知らせだけだったんです。
デスク　ああ、そうだった。ポル・ポト派に捕まった。それだけだったな。それから一週間も経たないうちに無事生存の報が入って、ひと安心しているところにいきなり、死刑宣告の知らせ、それから釈放、また死刑宣告、一時釈放、兎に角、新しい情報が入る度に猫の目だったな。
自　由　作り話ばかりで、どれを信じていいものか。
デスク　実は今日のはあまりいい知らせではないんです。
自　由　大丈夫です。もう慣れっこになりました。
デスク　厳しいですよ。
自　由　どこからの情報ですか。
デスク　外電です。証言者が二人います。
自　由　二人？
デスク　ええ。
自　由　だから？
デスク　だからいつもよりは信憑性が高いと……。
自　由　はい。
デスク　「消息をたっている一ノ瀬泰造氏は、七年前アンコールワット付近で、左足重傷のところをポル・ポト派に捕えられ、アンコールワット北東のプラダックという部落に十日から十四日後、連れていかれ、アメリカのスパイという名の下に処刑された」というものです。
自　由　……。
デスク　……。
自　由　あたし、信じません。どうせまた誰かの作り話です。
デスク　ええ、また半年もすれば、猫の目ですよ。
自　由　あの人は生きている。わかるんです。彼はまだどこか、密林の中を、さまよえど、さまようほどに、あてもなく、赤い地の果てで夢を見てる。

Ｆの息が聞こえてくる。
その息に歌が重なっていく。

『赤い地の果てに　あなたの知らない
愛があることを　教えたのは誰
風の便りなの　ひとの噂なの
愛を知らないで　いてくれたならば
わたしは今も　あなたのそばで

いのちつづくまで　夢みてたのに』
（カーン・リー『美しい昔』より）

F　あの歌は何だろう、峠の向こうから聞こえる。いや空耳だ。昨日の夜、アンコールワットの回廊できいた歌だ。千古の昔より変らぬあの塔の中の空気、前の通りの臭いまでも覚えている。黄昏の中を一人二人と、夕刻の祈りに集う村人、ああ人だ、人だ、人間の臭いだ。目を閉じても見える……ああ、人に会いたい。くそっ。（なんとか一歩漕ぐように足を出す）この左足は、どうやったって自分のものではない。その感じが、いまや全身を襲ってきた。

N　全身を？

F　俺そのものが、俺のものではない、そんな気がしてきた。自分の体に実感がなくなってきた。

N　どこか、作り話の中の人間のような？

F　それだ！……え？　誰だ。

N　そのおまえを作った奴だ。

F　宇宙飛行士が神様と会うというのは、こういうことか。孤独の果て、背後に何かが立っている。長い間、人はそれを神と呼び、突然それを自我だと言い直した。しかし実のところ、それが何なのか、誰も知らない。振り向くと消える。だから分かる。それは多分、決して見ることのできない自分の死体だ。

N　待てよ、勝手に下山するな。

F　耳を貸すな。聞けば、俺が死体になるんだ。（また下山しようとする）

N　そっちじゃない。

F　俺を放ったらかしておいて、いまさら指図するな。

N　俺にもアクシデントがおきた。俺が治ったら、すぐにもそこから救い出してやる。

F　ほう、どうやって。

N　村の男とその子供が偶然そこを通りかかることにしてるんだ。

F　そして俺が救われるのか？

N　そうだ。おまえは、麓の村人の家に手厚く運ばれる。見えるだろう？

F　え？（目をつむる）

N　小太りのおかみさんが、食事を運んできてくれる。

F　ああ。

N　温かいミルクに人心地つく。
F　助かった、俺は助かったのか？……（目をあけて）嘘だ！　そんな客が喜ばないような救い方を、おまえがするわけがない。おれは、お前の作風を知ってるんだ。客が喜ぶように人を殺す。そういう奴だ。俺の左足をスパゲティにして、生殺しにしていく。そういう奴だ。
N　反省した。こんなことがわが身におこって。
F　神様になにがおこったっていうんだ。
N　右目がみえなくなった。
F　この世界から立体感が消えたってわけか。
N　まあな。
F　正しい目を失ったのか。
N　そうだね。だからこれからは、作風を変える。共に救われよう。俺も立ち直る。そしておまえもこの世界から……。
F　虫のいいことというな。俺は、しびれるほど両腕を使って、ここから自力で脱け出そうとしてたんだ。なにが共にだ。自分で救われろ。
N　おい、いい加減にしろ。
F　え？
N　殺すぞ。また牡牛を出すぞ。
F　出してみろ。
N　牡牛に喰い殺されろ！
F　二度、牡牛を出しはしないよ。お前は、同じ手を使わない。
N　よく知ってるな。
F　え？
N　（何かかく）
F　なにしてるんだ？
N　見覚えないか？
F　『6』？　行きしなに標した峠の向こうからの時間だ。
N　さっきは『7』。
F　じゃまだ、一時間ぶんしか進んでないのか。

F、振り向く。野田、消えている。

F　駄目だ。俺はもう駄目かもしれない。両腕が痺れ、一歩も前へ漕ぎ出すことができない。まもなく、陽が落ちる。地上から色を奪う。灰色の冷気が骨髄にしみる。しじまの中にすべてが、溶けていく。終りだ。すべてが営みをやめて、世界の終りがはじまった。

静寂。
突然の声、そしてFの前に、二人の人影が現れる。村人とその息子である。

少年　（カンボジア語）ヒトダヨ、ヒトガイルヨ。
村人　キヲツケロ。
少年　ケガシテルヨ。
村人　ゲリラノワナカモシレナイ。

銃を構えながら、おそるおそる近づく二人。

F　助かった、助かった。

F、すがりつき、泣き笑い。

村人　モウ、ダイジョウブダ、イマオレガ、ムラマデ、タスケヲヨビニイク。
F　（片言のカンボジア語で）アリガトウ、アリガトウ。
村人　ニジカンデモドル。
F　二時間て言ったのか？
村人　（ただ笑っている）
F　なにが二時間なんだ？
村人　（身振り手ぶりで）ニジカンシテ、ムラカラオゼイナカマツレテクル。
F　えっ？　行っちゃうのか？　イクノ？　イクノ？
村人　ムスコヲオイテイク、マッテロ、ニジカンモカカラナイ。

男、去る、少年と二人残るF。

少年　（ほほえむ）
F　（ほほえむ）
少年　（声を出して笑う）ヨカッタネ。
F　（泣き笑い）
少年　（水筒を差し出す）ノム？
F　アリガトウ。（飲む）

水筒、空になる。

少年　ア、スグソコノカワデ、ミズヲクンデコヨウ。
F　水か？　水汲んできてくれるのか？

少年　イッテクル。
F　待て、水はもういい、そばにいてくれ、おい。
少年　スグモドッテクル。
F　おい、おーい。
少年　（ふりむく）ココニイテヨ。（去る）
F　多分戻ってくるとは、知りながら、その十分かそこらの時間のなんと長かったことか。

少年の足音が遠ざかる。
間。
そしてまた近づいてくる。

F　遠のいていく少年の足音に心細さを覚え、また遠くから密林をかきわけ、踏みしだいて近づいてくるその音に、えも言われぬ安堵を覚えた。涙がでた。命が本当にいとおしかった。

が、戻ってきたのは、少年ではなく、サングラスをした兵士。

F　違う。あの少年じゃない。素早く俺は身を隠した。

兵士は、Fに気付かない。
そこへ、少年が戻ってくる足音。

F　くるな、戻ってくるんじゃない。

少年、姿をみせる。兵士、気付く。

少年　ダレ？

怯えた表情の少年。
その瞳の先に銃口。
そしてその少年と銃口のあいだに身を潜めているカメラマンF。

F　咄嗟に、俺はカメラを構えた。そして、今まさに銃で撃たれんとする、死に怯えた少年の顔を──。

F、カメラを構える。

F　（自分に）写真屋！　どんな気持ちで写真がと

れるんだ！

野田　F、足を引きずり渾身の力で兵士を突き飛ばす。

兵士の背後に、Fまわる。

と、それは野田と吹越、そして車椅子に乗る野田とそれを背後から押す吹越のマイムに変る。

病院の喫煙室へ向かっている。

野田、パパラッチから逃れる為、サングラスをしている。

野田　どれどれ。
吹越　ね、はっきりと写ってますよ。
野田　うん。
吹越　どんな気持ちで、こいつらは写真を撮れるんでしょう。
野田　ひどいねえ。
吹越　向かいの病棟ですかね。病室ですよこれ、夏目雅子さんの顔が写ってますよ。
野田　俺も気を付けないとやられるな。
吹越　サングラスくらいじゃばれますかね。
野田　これ本人かな？
吹越　え？
野田　少し違わないかい？
吹越　そうですか？
野田　看病してるお母さんの方じゃないのか？
吹越　ちょっと遠くてわからないですね。
野田　ひどいひどいと言いながら、こうやって見ちまうよな。
吹越　これって、なんなんでしょうね。
野田　のぞきだろう、やっぱり。
吹越　「いけない、こんなものを見ちゃ」。そう気付いてから、何秒くらい見続けたら、のぞきなんでしょう。
野田　ま、直接だったら、二、三秒だけど、こういう雑誌になると、間接的な覗きだからな。
吹越　何秒？
野田　…………。
吹越　やっぱり同じでしょう。
野田　俺今、重大な事がわかった。
吹越　なんですか。
野田　身を清めて聞け。
吹越　はい。

野田　俺はもう二度と、立体写真を見ることができない。
吹越　……あの赤と青のあれですか。
野田　そうだ。
吹越　重大ですか。
野田　立体星座早見盤とか、アトラス立体地図とか、ああいうのが見れなくなるんだぞ。
吹越　はあ。
野田　それで分かった。
吹越　はい？
野田　この夏目雅子の写真をとった奴らは、俺と同じだ。
吹越　同じって？
野田　右目をなくしてる。これは、右目が失明してる奴が撮った写真と同じだ。立体感がない。正しい右目と、のぞきたい左目とのバランスを失っている。物を捉える立体感がカタワだ。片目をなくしたまま報道している。
吹越　今は、世界中がそうですよ。
野田　ひでえな、ひどすぎる。誰がこんな真似を！
吹越　だからパパラッチでしょ。もうわかりましたよ、落ち着いてください。
野田　違うよ。雑誌じゃない。これだよ。
吹越　あれっ？　これ、あの書きかけの芝居じゃないですか。
野田　ひでえんだ。俺の知らないうちに、行方不明のカメラマンの恋人が登場している。
吹越　知らないうちにって、誰も代りになんか書くわけないでしょ。
野田　気味悪いな、この恋人の名前を見ろ。
吹越　え？
野田　自由。
吹越　自由って、担当医の先生の名前じゃないですか。
野田　変だろ。
吹越　はい。
野田　どう思う？
吹越　きっと、自動書記ですよ。作家が意識しないで手が書いちゃうってやつ。そういうこと、今までにないんですか？
野田　時々、書くのに取り憑かれていると、自分の手とは思えないスピードになることはあるけど、意識はあるからな。
吹越　でも誰かが自分に書かせてるって感じでしょ。
野田　ああ、そういう時、俺の手という感じがしない。

吹　越　マヒしてるんですかね。
野　田　いや、なにかが背後に立っている。きっと宇宙飛行士が神様と出会う瞬間だな。あれっ？　そんなことまで書いてあるぞ。
吹　越　でしょ。自分で書いてるんですよ。
野　田　いや、カメラマンが怯えた少年の顔を撮るのをためらってる。俺は、そういうヒューマニティを持ち合わせていない。
吹　越　知ってます。
野　田　これは誰かのセンスだ。
吹　越　誰。

その喫煙室で、彼等の傍らにいた女がすくっと立ち上がる。
「眠れない女」である。

吹　越　あのう……なにか。
眠れない女　…………。
吹　越　この雑誌ですか？
眠れない女　（去る）11月29日、昨日は、二時間眠れた。でも今日は駄目、水平になると。
吹　越　なんだ今のやつ。

野　田　感じ悪いな。
吹　越　はい。

野田と吹越の関係が変る。（すなわち、吹越が車椅子にすわり、野田が付きそうマイムに変る）そのことで、喫煙室の別の患者達に変る。

患者F　気にしないほうがいいよ。
患者N　あの人はね、いつもああなんだ。
患者F　サルコイドシスとかいったかな。
患者N　眠れないんだって。
患者F　夜中もよく、ああやって廊下を歩いてるんだ。
野　田　どこの病院の喫煙室にも、ありとあらゆる入院患者の病状を知っている患者、いわゆる病院なのに何故か常連さんがいる。
患者F　藤木さんの顔色見た？
患者N　あれはダメだね。
患者M　（新たに加わる）先月いっちゃった松尾さんがあんな顔してたもん。
患者N　それに、藤木さん、出たり入ったりして三回目だろう。あの病気はね、三回目はもうだめなんだよ。

患者M　私なんか、まだまだだね。

患者F　なにがまだまだなんだか。

患者N　そうだよ、あんた腎臓とっただけだろ。この人は腎臓とって肺一つとって、肝臓だって三分の一ないんだから……えらいんだよ。

患者F　そんなたいしたことはないよ。

野田　喫煙室では重症なほど、位が高い。

患者F　でもなんで、いつもここに来ちゃうのかね。

患者M　さっきの、あの女の人も一言も喋らないのに、ここには来るね。

患者F　ま、ここで煙草を吸えるうちは、生きてるってことだよ。

患者M　ところで野田さんはどこが悪いの？

患者ら野田と吹越に変る。

野田　いやあ、まだまだですよ。

自由　あら、そこにいたの？

野田　なんですか。

自由　今日から、リハビリを始めるわよ。

野田　え？

そこはリハビリルームに変る。

自由　まだ役者も続けたいんでしょ。

野田　続けられるものかなあって、思案中ですよ。今朝起きて壁に向かって、その事を考えていたら、知らないうちに、つ——っと、涙がでてきました。

自由　あら、そんなところもあるのね。

野田　自動書記も、そういうことかなあ。

自由　え？

野田　つ——っと、頭から出てきたのかもしれない、あのアイデア。つ——っ、そういえば、そんなかんじだな。

自由　あのアイデア気にいってもらえた？

野田　え？

自由　悪いとは思ったんだけど、つい目に止まって。

野田　目に止まってって……。

吹越　じゃあ、先生がこれ書き足したの？

自由　どうかなって思って、ワープロだったし。

吹越　しかも自分を勝手に登場させたの、恋人として。

自由　うふふ。

野田　え⁉　いくら、担当医とはいっても、患者の作品にまで勝手にでてくる、そんな自由はありませんよ。
自由　あたし、ほら、担当医の自由でしょ。
野田　そんなのは洒落じゃない。
自由　あらでも、この芝居の始まりは愚劣だわ。
野田　愚劣？
自由　少年が殺されるまで、このカメラマンはカメラをかまえつづけたんでしょう？
野田　なにがいいたいの。
自由　少年が撃たれるのを狙っていたのよ、そのカメラマンは。
野田　もちろんだ。
自由　そんなカメラマンはいないわ。
野田　写真家はみなそうだ。そうでなければ、写真家なんてやっちゃいけない。
自由　なんでそんなことが分かるの？
野田　わかる。
自由　どうして。
野田　俺が作ってるからさ。
自由　何故、人の死をもてあそぶの？　放っておいても人は生きて死ぬのに。ありもしない人間を作ってそして殺してしまうの？　くだらないわ。
野田　俺が、血を絞って作った作品に悪戯した挙句、くだらないだと？
自由　あら、血を絞るんだったら、献血してほしいわ。
野田　頭きた、吹越、退院する。
吹越　退院はまずいですよ、それに。
野田　なんだよ。
吹越　カメラマンはためらったかもしれない。
野田　なに⁉
吹越　先生が書き直したように。
自由　あら……ねえ、そう思うでしょ。
吹越　野田さん、さっき言ったじゃないですか、報道写真が右目を失ってはいけない。その思いが彼の脳裏をよぎってもいいんじゃないですか？
野田　そんなものは、よぎらないんだ。これは俺の、お！　れ！　の！　作品なの。
自由　でも、あなたは、あたしの患者なの。
野田　へえ、ここは作品まで治す病院なんですか。
自由　このカメラマンのことは、あたしが一番知ってるの。あなたは、正しい瞳を取り戻すべきなの。
野田　ものを創る奴に正しい目なんていらねえ。
吹越　さっきと言ってる事が……。

野田　俺は、右目を失して丁度いい頃だったなって、気にいってるくらいだ。
自由　そんな人間の目、もう診る気もないわ。
野田　ほら、な、吹越、これがこのお医者様の本性、この人、医者に全く向いてない。最初の注射打つ時から変だったもん。病気だよ。あんたこそ病気……何してんだよ、吹越。
吹越　え？　退院するんじゃないんですか。
野田　……ああ。
自由　これからおこる不便なことを考えられるだけ考えて、まずここで克服しなさい。退院許可はそれからです。
野田　なんだよ、急に医者ぶるな。
自由　舞台では、これから沢山ショックなことがまってますよ。
吹越　たとえば？
自由　障害物を飛んで越えようとしても、踏切がうまくあわなかったり。
野田　まあ思いきりの問題だろう。
自由　右にあるモノに気付かないでぶつかったり。
野田　確かにその後舞台の袖で、二回右目をきった。
自由　舞台から落っこちることもあるかもしれない。
野田　確かに一度。
自由　それでも役者をやっていくのでしょ。
野田　へっちゃらに聞こえた。
自由　それと三、四年後に、たぶん外斜視になると思います。
野田　外斜視？
自由　ええ、使えない右目が少しずつコントロールできなくなり、外へずれていきます。
野田　サルトルの顔が、今ならテリー伊藤の顔が浮かんだ。
自由　でも別にそれは見た目だけの問題ね。
野田　役者は見た目の仕事である。
自由　見た目だけだもの。
野田　見た目か。
自由　ええ。
野田　困る。
自由　え？
野田　困るな。
自由　大丈夫よ、二枚目で売ってるわけでもないでしょ。
野田　見た目そのものではなくて、どう見えているか、自分の意思で自分の目玉がコントロールできないというのは困る。勝手に自動書記をやられた作家くらいに困る。

自　由　でも覚悟をしておくのよ。思い通りになると思っていたカメラマンが勝手に動き出したように、あなたの右の目玉も思い通りには動かなくなるわ。

野　田　その夜、私は眠れなかった。

夜の喫煙室。吹越去る。「眠れない女」が、そこへゆっくりと歩いてくる。

野　田　こんばんは。

眠れない女　…………。

野　田　また眠れないんですか？

眠れない女　…………。

野　田　眠れない女は、私の昔からの友人のような気がしてならなかった。どこかで会ったことのある、なつかしさがあった。そしてその夜だけ私に会いに来たような気がした。

眠れない女　私、水平に眠ると駄目なんです。

野　田　は？

眠れない女　水平に眠れなくなってから、もう二週間くらいになるかしら。

野　田　なにか、うまくないんですか？

眠れない女　何かっていうわけじゃないの。ただ漠然と不安なの。みんな気のせいなの、胃が変になるのも、息が苦しくなるのも、わかっているの。でも、いらいらしてじっとしていられない。どうしたらいいのか、情けないなあ。情けないなあ……あ、野田さんて、あの野田さんですよね。

野　田　ああ、はい。

眠れない女　どうしてエリートやめたんですか？

野　田　「あの野田」の意味が分かった。

眠れない女　あたしもこの病気になるまでは、エリートだったんです。

野　田　はあ。

眠れない女　医者です。

野　田　あなたに診てもらいたかったなあ。

眠れない女　たとえ退院できても、もう激務にはつけない。医者は肉体労働ですからね。

野　田　もうエリートとしては一流でいられないんだなあ、そう思うと、後は人生を消費していくだけなんだなあって。

眠れない女

野　田　サルコイドシスでしたっけ？

眠れない女　ええ。原因のない病気なの。でも死ぬほどの病でもない、心臓におこらない限り。

野　田　じゃあまた元気になりますよ。

眠れない女　そうですね。

野　田　そうですよ。

眠れない女　さてと、寝てみるか。

立ち上がり、歩行する「眠れない女」。

野　田　その夜の私は、気味の悪いくらいいい人になっていた。どうせ斜視になるのだから、今さら世の中を斜めに見るのはやめようと、決心したのか、或いは、何かを観念したのだ。

眠れない女、突然しっかりとした足取りで、こちらへ、ズカズカとやってくる。
眠れない女、女医自由に変る。

自　由　はいこれに着替えて。

野　田　なに。

自　由　今日は外出します。

野　田　外出？　きいてないな。

自　由　私が出しました。外出許可を。

野　田　俺、頼んでないし。

自　由　私が頼みました。

野　田　おーい、吹越。

吹　越　（現われて）なんですか？

野　田　またはじまったよ、先生の無手勝手病。

自　由　リハビリよ。

野　田　え？

自　由　また暗い舞台を走って、壁を登りたいんでしょう？　夜の人ごみの中を歩くのが一番なの。

吹　越　夜の人ごみって、まだ昼ですよ。

自　由　だから昼から夜へなだれ込んでゆくの、中華街から花火大会へむかって。

野　田　中華街から花火大会って……え？　横浜へ行くの？

自　由　そうよ。

吹　越　横浜まで行かなくても、そこらでいいんじゃ、……。

自　由　行きたいの。

吹　越　なにも花火見なくても。

自　由　見たいの私が。

吹　越　駄目ですよ。そんなところにわざわざ出向いて、写真でも撮られた日には、あいつら書きたい放題ですよ。

野　田　カタメでリハビリ中に、横浜で花火を女と。

自　由　美女と。

吹　越　しかも担当医。

野　田　カタメ、リハビリ、横浜、美女、担当医、満貫だよ。

吹　越　花火がつくから、跳ね満ですよ。

自　由　行くわよ。

野　田　その夜、私は初めて病院を抜け出し、夏の花火を見た。実話である。ハマの野外ステージでデビューしたばかりの森高千里が歌い、レーザー光線が、冨田勲の音楽と共に稲妻のように夜空を走り巡り、きらめきわたった。

野田を連れていく自由、追う吹越。

と、パパラッチF、パパラッチNに変る。

パパラッチN　今、病院の表から、野田らしいのが出て行ったぞ。

パパラッチF　了解、追ってみます。

パパラッチN　どうだ。

パパラッチF　女連れです。あ、タクシーに乗りました。

パパラッチN　追え。

パパラッチF　はい。

パパラッチN　おまえ、夏目を撮れなかったんだから、今度は絶対に撮れ、カンボジアだと思って撮れ。

パパラッチF　そんな、大げさな。

パパラッチN　カメラマン生命を賭けろ。撮れるまで帰ってくるな。

パパラッチF　あ、はい。

人ごみの中を、自由の後ろについておぼつかなく歩く野田。

野　田　二つ目の世界を初めて訪れた一つ目の気分だった。

自　由　どう？

野　田　こんなに人ごみを歩くことって難しかったかな。（いつのまにか、自由の上着の裾を摑んで歩いている）

自　由　四歳児ね。

野　田　確かに。（きょろきょろしている）

カシャッと写真をとるパパラッチF。
そして、吹越に変る。

吹　越　どうですか。
野　田　ああ、吹越、おまえも来たの。
吹　越　ええ、何がおこっても三人でいれば。
野　田　何がおこってもって何だよ。
吹　越　もう、後をつけられてるかもしれない。
野　田　まさか。
吹　越　ほんとですよ。
野　田　なにか!?　カタメになった奴は、「はいワタクシ片目になりました」って写真つけて登録しなくちゃ、いけないのか？　世間に公表するのが、国民の義務なのか？　カタメだっていう申告を怠ると、税務署にやられるのか？　それともカタメは犯罪なのか？
自　由　あたし、みそ。
野　田　え？

と、そこはラーメン屋。

吹　越　僕、塩、大盛りで。
野　田　俺は……。
吹　越　あっ、僕が真ん中に入ります。

吹越、真ん中に割って入り、そのままパパラッチFに変る。

パパラッチF　デスクですか？　はい、四時二十分の方角に標的発見、ラーメン食ってます。ただ、もう一人男がいて、え？　撮れ？　でもそいつも写っちゃいますよ。え？　なんですか、ああ、あの黒い横棒の目隠しを、ああそうか、あれを後でその男の目に被せれば、関係ない人間に見えますね、分かりました、こんなに、手間とらせやがって野郎、むかつくよ、とことん痛めつけてやる。

シャッター音、ラーメンを食べている姿の連写。
ラーメン屋の外へ出る三人。
花火の音、見上げる三人、その連写。

自由　始まったわ。

野田　ああ……花火は夏の瞳だ。大きく開いては、はじけていった。相も変らず美しく見える。かつてのように、花火は俺を受け入れた。

吹越　来て良かったですね。

野田　うん。

自由　花火が嫌いなんて人いるのかしら。

野田　もしいたら、この花火の間、耳を塞いで目をつぶってるのかなあ。

自由　もっと前へ、行きましょう。

野田　うわあっ。（人にぶつかる）

転びそうになる野田、手を差し出す自由、シャッター音。

吹越　先生、取り憑かれてるよ花火に。

野田　どこまで行くんだ。

自由　あの花火の真下へ。

吹越　真下？

野田　真下は行けないよ。

自由　どうして。

野田　この花火、海で打ち上げてるから。

海の音に、花火の音が混じる。

自由　戦場で見る焼夷弾も、時にこんな風に見えるのかしら。

野田　は？

自由　焼夷弾て美しいんでしょう。

吹越　その発言、不謹慎ですよ。

自由　違うわ、そういうの聞いたことない？　焼夷弾を見ながら酒を呑んだっていう話。人間には、そういう一面があるっていうことよ。

野田　だろう。

自由　え？

野田　先生、人間のつくり話というのは、そういう一面からつくられてるんだ。

自由　そういうって？

野田　モラルから遠いところ。原爆の光を遠くから見て、美しいと思って酒を呑んじゃうとか。

自由　原爆を見て酒を呑むなんて言ってないわ。

野田　でも遠くから見れば、原爆の光だって確かに美しいかもしれない。花火と原爆が違うのは、その光の真下の景色だ。
自由　あなたは、原爆を見て酒を呑む話を書けるの？
野田　ああ、海の向こうに美しい光が見える。それが原爆の光とは知らず、「なんて美しいんだ」。酒を呑む。ふらふらとその光の見えた方へ歩き始める。何日もかかってやっと辿りついたその光の真下の景色を目のあたりに見る。そして「美しい」と口走ってしまった自分に、何のコトバも見つからない。そんな話だ。
自由　要するに、原爆で酒を呑む。そう言ってしまった今の自分にコトバが見つからないようなものでしょう？
野田　うん。でも、口走った俺も、コトバが見つからない俺も両方とも人間だ、ということだ。でなけりゃ。
自由　なあに。
野田　どうして、先生はさっき、この花火の真下を目指して、あんなに夢中に走っていたの。
　　この間、何度もフラッシュが焚かれている。
吹越　あ、まずい。
野田　どうした。
吹越　あいつらかもしれない。
自由　近くに知ってる所があるわ。
　　エレベーターにのり、室内へ。
吹越　誰が住んでるんです？　このマンション。
自由　あたし。
野田　え？
　　マンションの外で。
パパラッチF　女のマンションに入ったようです。
デスク　よくやった。このチャンスを逃すな。
パパラッチF　はい。
デスク　決定的瞬間を狙え。
パパラッチF　出て来るところをやります。
デスク　正面からはっきりと顔が分かるようにシュートしろ。
パパラッチF　ここを戦場だと思います。
デスク　スタミナは大丈夫か。
パパラッチF　レバニラを食べておきました。

再び、自由の室内。

野田　なんでこんな思いをしなくちゃいけないんだ。
自由　（外を見下ろし）まだいるわ。
野田　わかった、あいつらのカメラをぶっこわしてやる。カメラもカタメだろう。カタメvs.カメラだ。
吹越　その姿を面白がって撮られちゃいますよ。
野田　殴ってやる。
吹越　殴ったら、なおさら撮りますよ。その姿が世に出たら、一生「人を殴るカタメ」って呼ばれますよ。
野田　死んで当てつけるか。
吹越　大喜びですよ、死んだ姿なんて。
野田　あげくに「人を殴り、死んでしまったカタメ」って書かれるのか。
吹越　たぶん。
野田　ふー。このため息さえ、写真に撮る奴らだろうな。
吹越　僕が囮になります。
野田　囮って待てよ、これ戦争か。
吹越　われわれが敵の目をひくのであります。いくら我々をシュートしたところで雑誌に掲載できません。その間に上官に、片目の上官殿に自分は逃げおおせて欲しいのであります。
野田　ばか。
吹越　先生、行きますよ。

吹越、自由の手を握り、脱出。
と、シャッター連写。

吹越　うわあっ、やられた！……早く今のうちです。
野田　俺は好奇心の渦巻く夏の町へ駆け出した。二つ目の世界を一つ目が初めて一人で走った。めまいがした。めまいは人間の目から入り、耳へと抜けていく。そして、めまいの国の住人は、聞き知らぬコトバを話し始めた。

花火の音が続くなか、野田、人にぶつかり回転しては、前へ進もうとするが、またぶつかり回転する。聞きなれないコトバが聞こえてくる。

野田　人間は何かが光ると、そちらを見るようにできている。たとえ一度、目を細め、顔をそむけた後でも、必ずそちらを見ようとする。私は愚かにも踵を返し、光のある方へ光の真下に走り出した。

舞台中央で、カメラがひとりでに、フラッシュを焚き続けている。
片目の野田、フラッシュの焚かれている方へ走る。

同時に逆方向から、吹越と自由の二人が走りこんでくる。野田とぶつかる。

野田
吹越 }写真屋、どんな気持ちでカメラが撮れるんだああああ！

吹越はカメラマンFに。
自由は少年Mに。
野田はカタメの兵士に変る。

Fとカタメの、格闘。

結局、左足の不自由なFが組み伏される、そしてFは頭に兵士の銃口を向けられる。

カタメ　(カンボジア語で少年に) ソノオトコノリュックヲコチラヘワタセ。
少年M　(命じられたまま、リュックをとろうとする) なにするんだ。
F　ハヤクヨコセ。
カタメ　(兵士の足に飛びつく)
F　(再び殴る) ナカノモノヲダセ、ブキハナイカ、ミロ。

リュックの中のものを撒き散らす。
その中に、数十本のフィルムを見つける。

カタメ　コイツナニトッテンダ。(フィルムを引き抜く)
F　やめろ！
カタメ　コンナニシャシンヲトッテテル、ナンノタメニ、コンナニトルンダ、エ？　ナンノタメダ、テイコクシュギノスパイカ。
F　(スパイというコトバだけが分かる) スパイ？　違う俺は写真屋だ。戦場のカメラマンだ。

カタメ　タダノシャシンヤジャナイ。

F　おまえら、クメール＝ルージュか、あっち側の兵士か。

少年M　コノヒトハケガヲシテル。

カタメ　（舐めるようにFを見て）ブラクニツレテイケ。

ジープに乗せられ連れて行かれる。

F　俺は思わぬ救われ方をした。揺れるジープの幌の中から『牡牛に注意』という文字を見つけた。見覚えのある立て札、俺は再びアンコールワットの方へ連れ戻されているのが分かった。

少年M　イタクナイカ？

F　あ？……とばっちりをうけて、君まで捕まってしまったな。

少年M　（笑ってる）

F　あいつらは、クメール＝ルージュかい？

少年M　（そのコトバの響きがわかる）アア、クメール＝ルージュ。

F　一枚、君を撮らせてくれるか。（少年の顔を撮りながら）このカメラの中には少年の顔が入っている、君と同じくらいの年の、銃口に脅えた少年の顔、その写真を撮った時、俺は「やった、やったぞ！」と歓喜にふるえた。この一枚の写真「倒れゆく少年」、きっとこの写真は、センセイショナルにとりあげられる。やったぞ！（大きくジープが揺れる）でも今、こうして君の笑顔の横でジープに揺られそう叫んだ自分にコトバを失う。いつか僕は、東京に戻り写真展を開く。そこに展示される百六枚の写真を思う。おびただしい戦下の写真、投げつけられる手榴弾、その写真にまじり、これから僕が必ず撮る暮れなずむアンコールワットの姿がある。その紫の塔の回廊、そこに彫られた舞姫、そこに集う村人のはにかんだ顔、俺はこれからその写真を撮るために戻っていくのだ。つかまったのではない。これは、アンコールワットへの道、美しい昔へ続く道だ。

ジープが止まる。

イシャ　オトコヲハコビナサイ。

少年M　ボクハ？

イシャ　オマエハアッチダ。ムラビトガイル。

F　そこはクメール＝ルージュが駐屯する、プラダックという部落だった。そこには医者がいた。左足は助かったが、俺はまだ助かった気がしない。

イシャ　ヒダリアシガダメダ、マズマスイヲウテ、ダメナラキル。

野戦病院、カーテンがひかれる。

F　野戦病院に入り、俺は急激にモノになっていった。

隣の男　（カーテンの向こうからの声）どんなものだい？

F　隣にも負傷者がいた。

隣の男　そのベッド、さっき空いたんだ。

F　空いた？

隣の男　死んだんじゃないか。

F　え？

隣の男　ここから出て行くには、死ぬしかない。

F　あれ？　日本人なのか？

隣の男　…………。

F　おい。

隣の男　…………。

F　おい。

隣の男　…………。

F　考えてみれば、ここに日本人などいるはずがなかった。

N　遠くに、カンボジア語で激しく言い争う声が聞こえた。彼は、テントの隙間から、外をのぞいた。

F　あ。

N　クメール＝ルージュの兵士が小さな空き地に数人の村人を連れ出していた。兵士は村人を一人ずつ森へ連れて行った。その度に、銃声が暗い森にこだました。悲鳴が聞こえ、それからつぶやくようなうめき声が数分続いた。

F　そして俺を救った少年の番になった。

N　写真屋。

F　え？

N　撮らないのか。

銃声。

F　撮れなかった。そして俺は思った。何故、今、俺は撮らなかったのだ。

Nの罵声　撮らなかったのか！

Fは、パパラッチFに、NはデスクNに変る。

パパラッチF　いえ撮りました。
デスクN　あ？
パパラッチF　撮ってきました。見てください。

花火の時に撮った写真の構図のフラッシュバック。
例えば、ラーメン屋、マンションに入る時の絵など。

デスクN　（それらの写真をちらと見て、そこらに投げる）うん、使える。
パパラッチF　それだけですか。
デスクN　それだけって、それほどのものじゃないだろう。
パパラッチF　だって、カンボジアのつもりで撮ってきたんですよ。
デスクN　でもカンボジアじゃないだろう、浮かれた横浜だろう。
パパラッチF　死ぬ気でした。
デスクN　夏目が死んだ。
パパラッチF　は？
デスクN　夏目雅子が死んだ。特集を組む。グラビアモデルだった頃からの写真を集めろ。
パパラッチM　あれ？　これは、違うんじゃないの？
パパラッチF　え？

瞬時、フラッシュバック、吹越と自由がマンションを出る絵。

パパラッチM　野田じゃないですよ、多分。
パパラッチF　そんなことないです。
パパラッチM　そうかな。
デスクN　気にするな、万一の場合は、後でお詫びと訂正をだせ。兎に角ページを埋めろ。
パパラッチF　いや、まちがいありません。本人です。
デスクN　わかってる。
パパラッチF　わかってませんよ。どうでもいいみたいじゃないですか。
デスクN　どうでもいいんだ。

パパラッチF　（写真を奪って）真実だけを載せるべきです。
デスクN　真実？　はきちがえるな。大勢の人間があそうだ、本物だと思ったものが真実だ。この写真を見て「野田が女と密会をしている」。誰もが信じたらそれが真実だ。
パパラッチF　真を写すのが写真です。
デスクN　おまえら、広島の原爆写真を見たことあるか。
パパラッチM　え？　あのキノコ雲ですか。
デスクN　うん、あれニセモノだ。
パパラッチF　ニセモノ？
デスクN　ああ、俺らがよく知っている広島の写真は、長崎の原爆写真だ。
パパラッチM　あ、そうなんだ。
デスクN　間違えたわけじゃない。わざとやったんだ。原爆は、キノコ雲というイメージの写真が広島のにはなかった。それで、長崎のを使っている。
パパラッチF　でも、まあ同じ原爆でしょ。
デスクN　そうだよ、いいんだよ。でも真実ではないだろう。
パパラッチM　そんな写真は一杯ありますよね。
デスクN　お前の大好きな戦場の写真、ベトナムの女が今まさに死にかけている子供を抱いて写ってるやつ、あれ、よく見ると女が右手にドル紙幣を握っている。
パパラッチF　ドル紙幣？
デスクN　カメラマンが握らせた金だ。わかるか、本物の写真なんてない。本物は、この世界から消えた。人間の死でさえそうです。もしもし、もしもし、聞いてますか？　自由さん。

いつしか自由と電話をしているデスク。

自　由　だからです。
デスクN　え？
自　由　はい。
デスクN　それでもカンボジアへ行かれるんですか？
自　由　ええ。本当にそのプラダックという部落に一ノ瀬が骨をうずめたのか。そこで死んだというのなら、その死を確かめたい。生きています。でなければ。

デスクN　なんです。
自　由　あの人が、命を賭けて撮った写真は今、どこへ行ってしまったの？　それさえも、本物の写真ではないんでしょうか？
デスクN　……わかりました。
自　由　え？
デスクN　お供します。アンコールワットへ、赤い地の果てに。

デスクN、立ち上がると野田。
Fは、吹越に。

吹　越　野田さん、落ち着いてください。
野　田　（興奮している）退院する！　今夜、退院する！
吹　越　どうせ、明日退院じゃないですか。
野　田　我慢ならない、あの女。
吹　越　誰？　先生ですか。
野　田　またやりやがった。
吹　越　何を。
野　田　完成間近の俺の芝居に手を入れやがった。
吹　越　どうしたっていうんです。
野　田　カンボジアだよ。
吹　越　え？
野　田　また恋人面してしゃしゃり出てきて、今度はカンボジアへアンコールワットへ行くって言い出したんだ。
吹　越　でも、悪くないですよね、そのアイデア。
野　田　え？
吹　越　芝居が締まりますよ。

と、そこに鬼気せまった自由がいる。

自　由　吹越さん。
吹　越　はい。
自　由　これから、最後のブロック治療をします。
吹　越　はい？
自　由　ＯＵＴ！
吹　越　え？
自　由　外へ！

間、自由、注射器を手に。

野　田　押絵と旅した男の話を知ってる？

自由　え？
野田　望遠鏡の中に見つけた女に恋をした男が、やっとの思いでその女と巡り合う。けれどもその女は、押絵の中の女だった。やがてとうとう自分もからくりの中に入ってしまう。
自由　それがどうかしたの？
野田　あなたは押絵と旅する女だ。
自由　え？
野田　俺のからくり話のカメラマンに恋してるとしか思えない。でなけりゃ、どうしてこんな真似ばかりするんだ。
自由　治療が先よ。
野田　これを説明してもらわないとね、俺は……。
自由　寝て！
野田　は？
自由　寝ろ！

自由、野田の喉元に注射器をあてる。

自由　私、医者に向かないって言われたことがあるの。
野田　むいてる奴が医者になってるとは思わない。
自由　そうなの。成績だけなら脳外科に行けたんだけれど、さしあたり患者を傷つけることの少ない眼科に行けって言われたの。
野田　それ、脅してるつもりかい。
自由　あの男、どんどんひどいことになってるじゃない。
野田　あの男？
自由　カメラマンよ。
野田　それで、恋人になって、カンボジアへ救いに行かせろってわけか？
自由　私いつだって、これを、さし間違えることができるのよ。一センチずらせば、あなたの一生はマヒするわ。
野田　先生、ミザリーやるにはもう少し、太らなくちゃ。
自由　一度だけお願いするわ、あの男を殺さないで。救ってあげて。
野田　俺の自由だ、作家の自由だ。
自由　だったらあたしも医者の自由よ。ほんの少し多めに液を入れてみる？　ちょっと、喉を強くさしてみる？
野田　医療ミスじゃ、すまないな。
自由　作家はいいの？　ミスしていいの？　書き損じ

ていいの?

野田　書き損じじゃない。

自由　まちがいよ。この男を殺してしまうのは。

野田　殺すといったか?

自由　今に殺すわ。

野田　先生、だからミザリーやるには、声もドスきいてなくちゃ。

自由　あたし、問題のある医者なのよ。

野田　信じないよ。

自由　じゃあ、やるわ。(頭押さえつけて、喉に注射器を当てる) あたしの医療ミスとあなたの書き損じと刺し違えてやる。

野田　できないね。

自由　刺し違えなんて、この注射を刺し違えるくらい簡単なことよ。

野田　うわあっ。

野田、逃げる。自由は本気である。

野田　問題だ! 問題だ! あなたは問題のある医者だ!

自由　そうだって言ったでしょう。

野田　どうして俺のつくり話にムキになる。つくり話なんて大嫌いだって言ったじゃないか。

自由　だってこれ、つくり話じゃないでしょ。

野田　え?

自由　あたし、とてもよく知ってるの。

野田　何を。

自由　あなたがモデルにしているこの子。

野田　この子?

自由　行方不明の写真家。

野田　何故。

自由　弟です。

野田　おとうと?

自由　あたしの弟なの。自由なんて苗字があるわけない。

野田　え?

自由　あたしも一ノ瀬なの。

野田　それから私は、今日まで彼女と二度と会うことがない。彼女はそのコトバを残し、私の目の前から、シャッターのように消えた。

自由の前をカーテンが走り、自由、消える。

野田　翌日、私が退院する朝にも、彼女の姿はなかった。
吹越　先生、とうとう姿をみせませんでしたね。
野田　ああ。
吹越　昨日の野田さんの態度を怒ってるんじゃないですかね。
野田　黙って精算しろ、吹越。
　そこは病院の会計。
　黙々と会計している女がいる。
吹越　今日はまっすぐ自宅に戻りますか、それとも。
野田　なんだよ。
吹越　トレーニング・ジムに行きますか？
野田　病院を出てからの私の行き先は決まっていた。
吹越　どこへ？
野田　カンボジアだ。
　病院の会計は、飛行場の搭乗カウンターになっている。
　野田はデスクNに、吹越はパパラッチFに。

デスクN　お前も連れて行ってもらえてよかったろう。
パパラッチF　デスク、感激です。
デスクN　お前、カンボジアに憧れてたからな。
パパラッチF　通訳でもなんでもやります。
自　由　お元気ですか？
デスクN　いよいよですね。
自　由　ええ。
デスクN　シャッターが降りたように目の前から消えた彼女の代りに、私の前に姿を見せたのは私のつくり話の中の彼女、カメラマンの恋人、自由だった。
自　由　御免なさい。昔のよしみというだけで。
デスクN　そして私は、一ノ瀬の旧友のあのデスクとして、押絵の中を旅することになった。わたしもまた、からくりの中へ入って行ったのだ。
パパラッチF　あ、どうも、僕、一ノ瀬さんに憧れて報道写真家になりました。
デスクN　こいつ通訳代りに連れていきます。
　飛行機が飛び立つ音、そこは機内。

デスクN　どうしました？
自　由　え？
デスクN　少し休んだほうがいいですよ。
自　由　眠れないの。わかっているの。みんな気のせいなの。心臓が変になるのも、息が苦しくなるのも。
デスクN　大丈夫ですよ。
自　由　情けないなあ、情けないなあ。
デスクN　横になったらどうです？
自　由　水平になるともっと駄目。
パパラッチF　見てください、奇麗ですよ。
デスクN　茜さす雲の真下にカンボジアが見えた。
自　由　このわだつみの雲の下に、あの人がいるのね。
デスクN　雲がわれてアンコールワットが見えてきた。遠くから見た赤い地の果ては、たとしえようもなく美しかった。

着陸音。

デスクN　ワレワレは、一ノ瀬の通った道を辿り、次第に赤い地の果てに近づいていった。

自　由　もしも、あの人が見つからなくてもせめて。
デスクN　なんですか。
自　由　あの人のカメラを見つけようと思うんです。
デスクN　そうですね。
自　由　ええ。
デスクN　そしてフィルムが入っていたら、それを現像すれば、あいつが最後に何を見たのかがわかる。あの頃、あの戦場の光に向かって、光の真下であいつが何を撮ろうとしたのか。
パパラッチF　ここですよ。
デスクN　え？
パパラッチF　ほら、ポイント『6』とかいてある。ここで一ノ瀬さんと会ったんだってこの人がいっています。
デスクN　私たちは、一ノ瀬と会ったという男を見つけた。
自　由　（覚えたてのカンボジア語で）コンニチハ。
デスクN　コンニチハ。（握手する）その男の口から出るコトバが、一ノ瀬によってのこされたカメラになった。私達は聞き慣れぬカンボジア語を聞きもらすまいとした。その響きから、空想の暗室に入り丹念にそのコトバパパラッチF　を現像し始めた。通訳を通したそのコトバだけから、一ノ瀬の最後の姿を、一枚の写真のように見て取ることができた。

村の男N　マチガイナイデスネ。

パパラッチF　アア、カレハ、アシニ、ヒドイケガヲ、シテイタ。

村の男N　彼は足にひどい怪我をしていたそうです。

パパラッチF　ワタシト、ムスコトデ、ミツケタ。

村の男N　私と息子とで見つけた。

ムスコヲココニノコシテ、ワタシハタスケヲヨビニイッタ。

パパラッチF　息子をここに残して、私は助けを呼びにいった。

次第に同時通訳のようになっていく。カンボジア語の音と日本語の意味が重なっていく。と同時に、その状況の芝居に移り変わっていく。

村の男N　ワタシガモドッタラ、フタリハ、イナカッタ。ワタシハ、アイツラガツレサッタ、トオモッテ、アトヲオッタ。ナンニチモカケテ、アトヲオッタ。トオカカソコラシテ、ツイニ、フタリヲミツケタ。ヤットミツケタガ、タクサンヘイタイガイテ、ソバヘチカヅケナイ。ワタシハ、モリノカゲニ、カクレタ。マサニ、ムラビトヲ、ショケイシテイルトキダッタ。ワタシノムスコガ、ショケイサレル、バンニナッタ。ワタシハ、トビデテイコウカ、タメラッテイタ。ソノトキ、ソノニホンジンハ、ヤセンビョウインノテントカラ、アシヲヒキズリ、アルイテ、チカヅイテキタ。

「待て！　待て！」

ナニカ、ニホンゴヲイッタガ、ワカラナイ。

「やめろ！　やめろ！」

「ナンダ、コイツハ」。ヘイシガイッタ。クビカラ、ブラサゲテイル、カメラニ、キガツイタ。ヘイシガイッタ。

「オマエ、コノカメラデ、ナニヲトッタ」

パパラッチF　（同時に）私が戻ったら、二人は、いなかった。私は、あいつらが連れ去った、と思って、あとを追った。何日もかけて、後を追った。十日かそこらして、遂に、二人を見つけた。やっと見つけたが、たくさん兵隊がいて、そばへ近づけない。私は、森のかげに、隠れた。まさに、村人を、処刑している時だった。私の息子が、処刑される番になった。私は、飛び出ていこうか、ためらっていた。その時、その日本人は、野戦病院のテントから、足をひきずり、歩いて、近づいてきた。

「待て！　待て！」

なにか、日本語を言ったが、わからない。

「やめろ！　やめろ！」

「なんだ、こいつは」。兵士が言った。

首から、ぶらさげている、カメラに、気がついた。兵士が言った。

「おまえ、このカメラで、何をとった」


この先は、同時通訳ではない。

F　何も撮っていない。まだ何もとっていない！
兵士N　アイツラノショケイヲトッタナ。
F　撮ってない。処刑する姿なんて。

兵士N　モチカエッテ、センデン、スルツモリカ、アジアジンノ、カオヲシタ、アメリカノ、スパイメ。（カメラを取り上げる）
F　やめろ、そのカメラは！　そこには……！
自由　何が入っているの？
F　え？
自由　あなたの何が入っていたの？
F　自由の風だ。あの頃吹いていた夏の風だ。
村の男N　「サイキョウイクスル」。ヘイシガソウウイッテ……。
パパラッチF　「再教育する」。兵士がそう言って……。
村の男N　ソノニホンジンヲ……。
パパラッチF　その日本人を……。
村の男N　モリフカクへ……。
パパラッチF　森深くへ……。
村の男N　ツレテイッタ。
パパラッチF　連れて行った。
自由　……それから？
村の男N　モリカラヘイシガカエッテキタ。
パパラッチF　森から兵士が帰ってきた。
村の男N　ヘイシノヒトリガ。
パパラッチF　兵士の一人が。

村の男N　ソノニホンジンノ。
パパラッチF　その日本人の。
村の男N　クツヲハイテイタ。
パパラッチF　靴をはいていた。
村の男N　ソレデ、ワタシハスグニ、カレガ、コロサレタ、トワカッタ。
パパラッチF　それで、私はすぐに、彼が殺されたとわかった。

間。

自　由　信じないわ。つくり話よ。
村の男N　ココカラ、ミエル、ホラ、アノ、ムラサキノ、トウノ、マシタアタリノ、アノモリデ。
パパラッチF　ここから見える、ほらあの、紫の塔の真下辺りのあの森で。
自　由　あんな美しい塔の下でそんなことが起るはずがない。
村の男N　イッテミレバワカル。
パパラッチF　行ってみればわかる。
村の男N　ソコニオハカガアル。
パパラッチF　そこにお墓がある。
自　由　え？
村の男N　ワタシガ、ヨクアサ、ソノニホンジンヲ、ホウムッタ。
パパラッチF　私が、翌朝、その日本人を、葬った。
自　由　……あなたの通訳が間違っていればいいのに……。
村の男N　コッチダ。
パパラッチF　こっちです。
デスクN　私達は男に連れられ、その森へ入っていった。赤い地の果てはもうそこだ。

赤い地の果てに辿りつく三人。

デスクN　美しく見えていたその森の中の塔は、たくさんの血を浴びたままだった。鮮血が古い血の色に変り壁にしみついていた。そして、男が「ここだ」と言った所だけ、草の色が濃かった。
パパラッチF　掘りましょう。
デスクN　ああ。

男二人、掘る。

デスクN　どうぞなにも出てきませんように、願いながら掘った。祈りながら掘った。

パパラッチF　ありました。

デスクN　え？

土の中から頭蓋骨がでてくる。

自　由　カメラだわ、あの人の。

デスクN　え？

自　由　わかるの、これはあの人のカメラなの。

デスクN　ええ。七年土に埋もれていたあいつのカメラです。これを現像すればわかる。あいつの瞳が戦場の光の真下で、最後に何を撮ろうとしたのか。

パパラッチF　たおれゆく少年の脅えた顔でしょうか？　銃口をさしむける兵士のおぞましい顔でしょうか？

自　由　違うわ。

パパラッチF　え？

自　由　アンコールワットよ。あの人の瞳が最後にとらえたものは、遠い遠い昔の悠久の時にそびえていた、穏やかな顔をした紫の塔よ。

デスクN　本当の瞳は、こんなところで、日本からこんなにも遠く離れ、時代からも遠く離れ、土にまみれて眠っていたんだ。

自　由　洗ってあげよう。

デスクN　え？

自　由　確かにあの人の、このカメラを……。

水で洗う仕草。

そのまま墓前で手をあわせ、花を供えていく仕草に変る。

そして、自由、ゆっくりと一礼する。

舞台を、カーテンが走る。

カーテンが中央で止まる。

野　田　こうして、私が右目を失って、初めての芝居『ＲＩＧＨＴ　ＥＹＥ』の初日を終えた。（カーテンの向こうにむかって）先生、こんな風に芝居をつくり終えました。どうしてもあの男を救うことはできませんでした。それでも書く、それが我々の性です。あのカメラマンが、それでもシャッターを押したように。でも、これで先生はもう押絵と旅をしなくてすむ。（カーテンをあける）あれ？

そこには、見知らぬ看護婦がいる。

看護婦　そのベッドですか？

野　田　ええ、入院してるって聞いたもので、今度は俺が喉に注射をうつ番かなと思って。

看護婦　昨夜、空いたんですよ。そのベッド。

野　田　空いた？　あれ、もう退院しちゃったんですか？

看護婦　あなた野田さん？

野　田　はい。

看護婦　これ、一ノ瀬さんから。

野　田　なんですか？

看護婦　どうぞ、次の芝居に使ってくださいって。

野　田　十一月三十日、また息が苦しくなってきた。眠れない。十二月一日、部屋を変えてもらう、けれども冷蔵庫の音が気になって眠れない。十二月二日、だるくて辛くてどうしていいかわからない。十二月三日、わかっているの、みんな気のせいなの、心臓が変になるのも、息が苦しくなるのも……え？

看護婦　彼女ですよ。

野　田　十二月四日、朝9時、心電図モニターに突然心室頻拍が出現、直ちにリドカイン注射にて停止、血圧は一時的に低下したがすぐに回復。同日午後2時10分再び心室頻拍が出現、電気ショック3回にてようやく洞調律に復するも血圧上昇せず。血圧測定不能、意識消失、無呼吸が続くため、人工呼吸を使用しつつ、心マッサージ、昇圧剤投与を繰り返したが回復せず、午後7時4分死亡を確認した。

墓前で、自由が一ノ瀬のためにした仕草と同じ仕草をしながら。

野　田　右目の時と同じだった。彼女はカシャッと死んでいった。命はシャッターのように消える。彼女の前であんなコトバを言った自分に、私はコトバを失った。……あれから、十年がたった。私の後ろで死者たちは、どんどん若くなっていく。私の右目が死んだ年につくりものの彼も、本物の彼女も死んだ。君たちは私の右の瞳と同じように、三十三歳で止まったままだ。あれからもいろいろなものが目の前で死んでうしろへ通りすぎていった。のこされた私と、のこされた瞳は今日もまた目の前のものだけを見る、君たちと右目の代りに。それでも、のこされたものは、のこされた瞳で、のこされた夢を見つづける義務がある、いや自由がある。あのカメラマンが、それでもシャッターを押したように。あの戦場の光の真下で、悠久の時へ向けて。

瞳が閉じられるように、溶暗。

この芝居を稽古している時のこと、ひとりの役者が自分のセリフを忘れかけて、いつもなら適当にごまかすその男が、古田が（あ、言っちまった）「疑ってかかる勇気を」というところを、うろたえて「疑ってかかる根性を」と言ってしまった。稽古場は爆笑したが、同時に私は「そうなんだよなあ……」と思った。

私の「根性」と「勝負」

ワレワレは実は「根性」とか「勝負」とかそういう熱くて近頃カッコ悪いとされているものから逃れられない。

それは、日本人だからなのか人間だからなのかは知らない。

でも多分「競争」とか「闘い」とかそういうものから依然として逃れられないでいる。

もちろん近頃は「共生」とか「棲み分け」とか理屈の上では素敵なコトバがいっぱいでてきた。でも例えば「共生」をテーマにしたオペラとか本当におもしろかったのかよ、てめえらって感じがする。そこなのだ、ものをつくるってことは。

私はいまだに自分がつくる芝居がこの世で一番おもしろいと思っている。そう思ってつくっている。

これはもはやカッコ悪いことなのかもしれない。思わずとっさに「根性」とかいうコトバがでてくるような滑稽さなのかもしれない。

でもね、でもね、近頃つまらない芝居が増えてきたのは「身の丈を知る」なんていうコトバが横行しているからだ。身の丈知りたかったら舞台にあがるな、どっかそこら辺にいろと私は言いたい。

私は客というものを信じている（それはどうだか）。

客にとって「身の丈」なんてどうでもいい。「この世で一番おもしろい芝居」を見たいに決まっている。

そういうわけで、二〇〇〇年もあと少しというので私は「根性」を見せた。

その「根性」を蜷川幸雄が買ってくれて「勝負」に出た。

どちらがこの世で一番おもしろい芝居かぜひ見比べて欲しい。

あっちのは渋谷でやってる。

場所的には三茶、ちょっと負けてる。

でもガンバル。

（一九九九年「パンドラの鐘」公演パンフレットより）

パンドラの鐘

登場人物

オズ
イマイチ／古代の未来の参謀
カナクギ教授／狂王
タマキ
ピンカートン未亡人／古代の未来の王
ハンニバル／男
ミズヲ
コフィン
リース
ハンマー
スペード
ヒメ女《ジョ》
ヒイバア
泣き女たち
アメリカ海軍の方々
力持ちたち
記者たち

官憲風の男たち
兵士
サクラ
ドーベルマン
モモ

暗闇の中に、古代の音が紛れて入ってくる。

やがて土を掘る音、人の息が聞こえてくる。

うっすらと舞台に、巨大なひっくり返った舟、そんな小高い丘が見えてくる。その丘には五つほどの円い穴が、空いている。

そこから、土が掘り出されている。

一人の男が勢いよく、頭を出す。

オズ　なんでしょう、これ。
穴からの声　釘だろ。
オズ　釘です！
穴からの声　釘だよ。
オズ　釘なんですよ！
イマイチ　（顔を出す）お、もう五時だ。
オズ　え？
イマイチ　帰るぞ。
オズ　四か月もかけて、やっと今日初めて、釘が一本見つかったんじゃないですか。
イマイチ　錆びたクギだぞ。
オズ　土に埋もれた一本の釘が、誰もまだ見ぬ古代の王国へ連れていってくれるかもしれません。一本の釘で古代の王国を発見できるなら、俺は子供の頃、毎日古代の王国を見つけていたね、しかも五、六国まとめて。
イマイチ
隣の穴からの声　かもしれない。
隣の穴から顔を出すカナクギ教授。
カナクギ教授　見つけられなかったのは、そのクギ一本を疑ってかかる勇気を持たなかったからだ。どう思う？　オズ君は、そのクギのこと。
オズ　釘がある以上、何かと何かが、この釘でつなぎとめられていたということです。
カナクギ　そうだ、そうだよ、そうだね。私もそう思っていた。でも、何と何がつなぎとめられていたんだ？
オズ　つなぎとめられていたものは、跡形もない。こんなにも、もろく朽ちて、はかない。
タマキ　（隣の穴から顔を出して）少なくとも、愛のかすがいでつなぎとめられた、あなたと私ではないわ、オズ。
オズ　あ、お嬢さん。

タマキ　オズ、今日一日顔が見られなくてせつなかった。どこにいたの？

オズ　このマウンド7の中に。お嬢さんは？

タマキ　私、教授のお手伝いをしていたの。マウンド8で。

オズ　隣の穴にいたのか。

タマキ　でも楽しかった。ほら、爪の中に土がいっぱい。

カナクギ　オズ君、君のフィアンセは、実に役に立つ。

イマイチ　そりゃ、おっかさんが、この発掘事業のスポンサーなんだから、役に立つよな。

カナクギ　オズ君！

オズ　なんですか。

カナクギ　実は僕も今日遂に大発見をしたんだ。君これどう思う？

オズ　タイルですね、富士山の絵の麓のかけらだ。

カナクギ　この赤いところは？

オズ　太陽のかけらの三分の一ではないでしょうか。

カナクギ　そしてほら、水道の蛇口だ。これこそ、ここに古代文明の風呂場があった証しじゃないか。

オズ　ただの銭湯の跡かもしれません。

カナクギ　そう、そうなんだよ、だめだよ、ガラクタだ、こんなもの。

オズ　水道の蛇口は、火事の焼け跡でも生き残りますからね。

カナクギ　あれ、なんでなんだろう。何かを取り壊した空き地に、水道の蛇口だけは生き残ってるよね。

高みから、ピンカートン未亡人現れる。

ピンカートン未亡人　あら、まだお仕事をなさってるの？

タマキ　あ、おかあさま。

ピンカートン未亡人　そんなに精をお出しにならないで、私の気紛れでここを掘っていただいているだけ。たとえ何も見つからなくても、大事なのは時間を埋めるために掘ること。穴を掘っては時間を埋める。時間を埋めては穴を掘る。砂時計をくりかえし、ひっくりかえして、時を過ごすように、それが私の今の時の過ごし方。ピンカートンが亡くなってからというもの……。

タマキ　またお父様のこと、うんざりだわ。

イマイチ　マダム・ピンカートン。

ピンカートン未亡人　え？

イマイチ　時に新しい何かが掘り出されることだってありますよ。

ピンカートン未亡人　新しい何かって？
イマイチ　思いもかけぬ恋のかけらとか。
ピンカートン未亡人　（あら）私なんかもうおばあちゃんよ。
イマイチ　（いいえ）お若いですよ。なあ、オズ。
オズ　う、う、うん。
タマキ　いやだ、オズさんまで、そんな目して、いやらしい。
オズ　そんな……それに、あの、オズでいいです。オズさんて言われると、なまったオジサンみたいで。
タマキ　でも今の目は、オズさんだったわ。
ピンカートン未亡人　タマキ、お待ちなさい。あら、足の裏がこんなに汚れて。
タマキ　足の裏は汚れるためにあるの。他が汚れないように。ね、オズ。
オズ　え？
タマキ　バーイ。

マダム・ピンカートンとタマキ去る。

イマイチ　さてと、ババアが消えたところで、俺も失礼しますかね。
カナクギ　なに!?
イマイチ　五時過ぎましたから、明日も早いですし。
カナクギ　待てよ！
イマイチ　なんですか、教授。
カナクギ　老いぼれの私に君を止める資格はない。（と行く手を遮ってる）
イマイチ　止めてますよ。
カナクギ　止めているのは私ではない。この富士のかけらだ。水道の蛇口だ！
イマイチ　そのガラクタが俺に用事ですか。
カナクギ　こいつらは、みんな土に埋もれた歴史のみなしごだ。「みなしごは、みな死後に残される」。有名人もそう言っている。
イマイチ　誰がですか。
カナクギ　私だ。
イマイチ　じゃあ失礼します。（去る）
オズ　ワレワレだけがのこされました。
カナクギ　残されたんじゃない。残ったんだ、進んで。だから一応断わっておくが、残業手当はでない。進んで残ったんだから。ボランティアだ。
オズ　あ、また釘だ。
カナクギ　これからは、そのクギ一本から想像することもボランティアだからな。

オ　ズ　あ、またクギだ。まちがいない。

カナクギ　まちがいないって？

オ　ズ　見てください、このクギの角度。この面とこの面をつなぎとめるように、どのクギも傾いている。

カナクギ　で？　君はどう思うんだ？

オ　ズ　だからこの形ですよ、想像してください。

カナクギ　わかってるよ。

オ　ズ　チャプチャプチャプです。

カナクギ　あ、やっぱり風呂だ。するとこの水道の蛇口は……。

オ　ズ　蛇口のことは忘れてください！

カナクギ　そうだね。

オ　ズ　ここが少し、こう傾いています。湯船というより、小船のように。

カナクギ　その通りだ。わしも小船だと思っていた、このクギが見つかった時から。こうして足をのばすと、ああ、古代の小船に揺れるようだ。

オ　ズ　想像力はもっと足を伸ばします。

カナクギ　これ以上伸ばすと、水平になっちゃうよ。

オ　ズ　そして胸に手を当てて考えるんです。

カナクギ　こんな風にかい？（胸に手をあて、水平になると、その小さい穴の中で窮屈になる）

オ　ズ　どうです？

カナクギ　想像力が窮屈になっちまったな。

オ　ズ　そして、僕がその想像力に蓋をして、この釘を打つ。どんな気分です？

カナクギ　なんか、死人の気分だ。

オ　ズ　そうです。これは棺桶のクギです。

カナクギ　棺桶？

オ　ズ　きっと、ここで昔、王様の葬式があったんです。

小船に見えていた箱が、宙へ上がっていく。その箱は、地中から現れた古代の人間たちによって高だかと掲げられる。そして同時に、地中から古代の王様の葬儀が湧き上がってくる。

棺の行進が終り、中央に安置される。

ハンニバル　亡骸を納めた棺に釘を打て！

数名、進み出て、棺に釘を打つ。

ハンニバル　別れを告げるラッパを鳴らせ！

棺のそばで、ラッパを鳴らす。

ハンニバル　死者の国へ旅立つ歌を歌え！

棺のそばで、歌が始まる。

ハンニバル　泣き女たち、棺につけ！　用意！

泣き女たち、棺につく。

ハンニバル　泣け！
泣き女たち　ワ――――！
ハンニバル　終り。棺をかつげ！　王を埋葬する。葬式屋、前へ！

葬式屋と呼ばれた数名、前へ進み出る。その中にいる「ミズヲ」。

ミズヲ　生まれてはじめての俺の記憶は、赤い風景。見渡す限りが、夕陽で赤くただれ、そして誰かが洪水ほど涙を流した。何故かは知らない。その日、何がおこったのか。気がつけば、俺はみなし児だった。いつも目の前に死体があった。死体をひきずり、そいつを担ぎ地面に埋める。俺がこの世ではじめて覚えたことは、人間の死体でメシが食えるということだ。

埋葬するための行進がはじまる。
行進が進むに連れて、そこは森深くなっていく。

ミズヲ　こんな淋しいところに王様を葬るのか。
コフィン　王の墓場は昔から森深くと決まっているからな。
ミズヲ　なんでだ？
コフィン　たくさんの秘密と一緒に葬るからだろ。
リース　棺をかたむけるな！
ミズヲ　え？
リース　わかってるのか、この世で一番大切な御遺体だ。この世で最高のワインをグラスのふちまで注いだ時の慎重さで運べ。
ミズヲ　死んでまで大切にされる人間とそうでないのがいる。

リース　かたむけるな、と言ってるだろう！
ミズヲ　かたむけると御遺体から何かこぼれるのか？
リース　こぼれる。
ミズヲ　なにが。
リース　御威光だ。
ミズヲ　御威光？　ほんとうにそんなものがこぼれるのか。
コフィン　こぼれるんだろう。
ミズヲ　賭けるか。
コフィン　何を。
ミズヲ　俺の明日。

ミズヲ、棺を極端に傾ける。

ハンマー　馬鹿、やめろ。
コフィン　あ、重たい、ひっくりかえる。
ハンマー　うわあ！

とうとう棺がひっくりかえる。

コフィン　大変だぞ、王様の御遺体を。
ハンマー　大丈夫か？
ミズヲ　なんか、ゴトゴトいってる。
コフィン　中、まずくなってるかもな。
ミズヲ　まずくなってるって？
スペード　手足がこんぐらがってたり、なにせ王様とはいえ、死んじまうと意識がなくなるからな。
ミズヲ　あけてみるか。
リース　よせ。
ミズヲ　見てみようぜ、こんぐらがった御威光を。
リース　あ、だめだ。

ミズヲ、棺を開ける。

コフィン　なんだこれ。
ハンマー　ずいぶん、ちっこいな。子供か？
ミズヲ　違うぞこれ。遺体につけられたマスクを見てみろ。
コフィン　人間じゃない。
ミズヲ　猫だ！
ハンマー　猫？
ミズヲ　ああ、猫だ。

顔を見合わせる四人。

スペード　俺たちの王様は猫だったのか？
ミズヲ　これディズニーか？
コフィン　（首を振る）
ミズヲ　じゃ、なんだって猫が入ってたんだ。これが御威光なのか？
ハンマー　これは王様がかわいがっていた猫だ。王と一緒に埋められる。よくあることだ。
リース　早く蓋をしろ、埋めちまうんだ。
ミズヲ　待てよ。猫はわかった。じゃ、王様はどこに葬られたんだ。この棺の中にはいないじゃないか。
コフィン　どこかだ。
ハンマー　早く蓋をしよう。
コフィン　俺たちが蓋をして埋めてしまえば、どんな歴史も埋葬される。
リース　千古の昔から王様の死体は、謀《はかりごと》や悪事と一緒に埋められてきた。
ハンマー　毒殺されなかった王様の方が少ないくれえだ。
リース　猫が入ってたくらいで驚くな！
ミズヲ　死んでないんじゃないかな。
ハンマー　なに!?
コフィン　…………。
ハンマー　…………。
コフィン　滅多なことを言うな。
ミズヲ　王様は死んでないんだ！

ミズヲら去り、
暗から明、賤から貴、陰から陽、穢から美が生まれる光。
ヒメ女王が現れる。

ヒイバア　お嬢様、死んでしまったお兄様には申し訳ないけれど、妹のあなた様が、王位を継ぐことになって、皆なひと安心なんですよ。
ヒメ女　ひと安心てどういうこと？　ヒイバア。
ヒイバア　あ、それは、ちょっとあれでございますけどもね。
ヒメ女　あれって？
ヒイバア　ききようによっては、あれでしょ？
ヒメ女　違うわ、お兄様がなくなられて、まだ四十九日しかたっていないのに、どうして安心なんてコトバがつかえるの？
ヒイバア　え？
ヒメ女　安心できるの？

ハンニバル　おっしゃる通りです。確かに安心はできません。
ヒメ女　私はお兄様が憎かったわけじゃない。
ヒイバア　わかっておりますよ。
ヒメ女　ほんとよ。
ヒイバア　はい、はい。
ヒメ女　いえ、嘘。少しは私、女王という響きにひかれた。翡翠の玉座と真珠の王冠にも。でもね……。
ヒイバア　わかっております。ヒメ女様は、今年の春でやっと十四。それでもあなた様のほうが王にむいておられたのです。
ヒメ女　そのことは多分、兄さんも知っていたの。こうしてあげた方が、幸せだったのよ。
ヒイバア　もはや秘密は、土の下に埋葬されました。ヒメ女様と私とハンニバルが掘り起こさなければ……。
ハンニバル　念には念を入れて、あの棺を埋めた葬式屋たちも埋めてしまいましょう。
ヒメ女　埋めるって、どういうこと？
ハンニバル　重たい土で軽い口をふさぐのです。
ヒメ女　どうして。
ハンニバル　猫だと気付いた奴がいるやもしれません。
ヒメ女　それじゃ、人殺しよ。
ヒイバア　殉死というんですよ。土に埋めてしまえば殉死です。
ヒメ女　でも殉死というのは、自らやるもの。何かを愛してやまない者が殉じていく死のボランティアなのよ。
ヒイバア　まあお嬢様ったら、殉死した人間が皆好き好んで殉死していると思っているんですか？　実際は、半ば水に溺れるように、土に溺れていってるだけです。手をあげて助けを求めながら、土に埋もれていってるんです。人だけじゃありませんよ。王と共に埋められる首飾りも、剣も、壺も、土の中で叫び声をあげているんです。
ヒメ女　その叫び声をききつけて、墓泥棒が掘り出すのね。
ヒイバア　何もかもを埋めることで、新しい王は生まれるんです。

ヒメ女王、振り向く。
とそこに、ぞろぞろと縄で繋がれた者たちが現れ、ヒメ女王の前に並ぶ。

ヒメ女　（ヒイバアが耳うちをする）皆様、今日は本当にありがとう。あなた方の死は、亡き王の亡骸を囲む宝石になります。
コフィン　どういうことだ。
ハンマー　埋められるんだ！
コフィン　ばれたんだよ、きっと棺のこと。
リース　ミズヲがさっさと、蓋をしないからだ。
コフィン　死にたくねえよ。
ミズヲ　女王様！
ヒメ女　え？
ミズヲ　人を埋める俺たちを、一人残らず埋めてしまうと、女王様が死んじまった時に誰もあなたを埋めてさしあげられない。
ヒイバア　ま、この男、なんて無礼な。
ヒメ女　（制して）いいわ、ヒイバア。

女王、ミズヲをじっくり見る間。

ヒメ女　あなたが私を埋めてくれるの？
ミズヲ　ああ、女王はいい死体になる。
リース　やめろ、助かる命も助からなくなる。
ミズヲ　見たところ、八頭骸骨美人だ。
ハンニバル　誰かその男の頭から、早く土をかけろ。
ヒメ女　そう！　私がいい死体になるのが、あなたにはわかるの？
ミズヲ　ああ、見えるようだ。
ヒメ女　どんな風？
ミズヲ　ちょいと胸に手をあててもらえますか？
ヒメ女　こう？
ミズヲ　目をつぶって。
ヒメ女　ああ、死体だもんね。
ミズヲ　いい感じのミイラだ。包帯を巻かせてもらえばもっとわかるんだけど。俺にあなたの葬式を任せれば、この前見たような、ちゃちな葬式はやらない。
ヒイバア　亡き王の葬式をちゃちと言った？　今言った？
ハンニバル　確かに。
ヒイバア　私が演出した葬式を？　私はこの国の王様に七代仕えて、七たび王の死を見てきた。いい感じで年をとってきたの。あの葬式はいい感じなの。
ミズヲ　だから駄目なんだ。
ハンニバル　早くその男の口を土でふさげ。
ミズヲ　この口から出るものはでまかせじゃない。俺には見える。女王の艶やかな死に姿が。金と銀のリボンで彩られた亜麻色の髪の毛に、らせんの髪の輪飾りをつけ、横たえられたその亡骸のまわりに埋められるのは、赤と緑と黒い貝殻の化粧箱、金色の短剣の柄、そしてあの世へ渡る舟をのせた四輪のチャリオット。しかも俺たち葬式屋を一緒に埋めるような馬鹿はしない。美しい女王の死には、一緒にミュージシャンを埋めないと、それもコムロじゃ駄目だ。ポール・マッカートニーくらいのを少なくとも四人、それにボディガードも、あんたクラスのじゃなくてデカプリオを六人、おつきの女もそんなババアじゃなくて、若い女を六十四人、毒を呑んで後追いさせる。けれどなにより、仕上げにそれらすべてを埋めてさしあげる手が必要だ。

ヒメ女　それがあなたの汚い手という訳？

ミズヲ　この汚い手がなければ、美しい葬儀はできない。

ヒメ女　ありがとう、それだけうかがえば耳の中が満ち足りた。

ミズヲ　いやまだ……。

ヒメ女　満ち足りた！　と言ったの。もう他のコトバはいらない。さ、その男の頭から土を被せましょう。少し多めにね。私も手伝うわ。

ミズヲ　手を汚すのは俺たちの仕事だ。

ヒメ女　死んでいくのが怖いの？

ミズヲ　すこしも。俺の生きた友人はこいつらだけだ。これで友人はみんな死人になる。

ヒメ女　こんなに、あけすけに無礼な男は初めてだわ。

ミズヲ　無礼ついでに、賭けをしませんか。

ヒメ女　賭け？

ミズヲ　俺らの命に土をカケる前に。

ハンマー　もうよせ。

ミズヲ　黙ってろ、助かりたいんだろ。

コフィン　術があるのか？

ミズヲ　挑発にのってくる、そういう気性と読んだ。

ヒイバア　ばかげてます。どうして女王が、半分土に埋もれかかっている葬式屋と賭けなどしなくちゃいけ……。

ヒメ女　わかったわ！　今生の別れに、おもしろいわね。

ミズヲ　俺が勝ったら、命を助けてくれる。負けたら土の中だ。

ヒメ女　どんな賭け？　簡単なのは駄目よ。

ミズヲ　もしも俺が、今ここで、女王様のおっぱいを。

ヒイバア　ま!?

ヒメ女　いいから続けて。

ミズヲ　女王様のおっぱいを、その着てる服に触わらないで、おっぱいを、じかにつかむことができたら、俺の勝ちです。
ヒメ女　服に触れずに？
ミズヲ　そのおっぱいに。きっとまだ誰も触れたことのないそのおっぱいに。
ヒメ女　できるはずないわ。
ミズヲ　できます。
ヒメ女　ここで？
ミズヲ　はい。
ヒイバア　おやめなさい。
ヒメ女　いいわ。
ミズヲ　いきます。
ヒメ女　どうぞ。
ミズヲ　（いきなり乳房を服の上から摑む）
ヒメ女　え？
ミズヲ　俺の負けだ。

一同、呆然。

ミズヲ　どうせ死ぬんだ。死ぬ前に女王様のおっぱいくらい触って死にたいじゃねえか。
コフィン　ああ、もう終りだ。
ハンニバル　ケダカイ胸がキタナイ手で汚された！
ヒイバア　なんて卑しく汚い男、埋めましょう、早く！早く！
ヒメ女　待って！
ヒイバア　え？
ヒメ女　殉死などという美しい死は、この男にはもったいない。生かしておいて。こんな男は、土くれも同じ。だから胸に泥がついただけ、払い除ければなんでもない。

古代の国、一瞬にして消える。
代って、穴の中から、教授とタマキ。

タマキ　ねえ先生、その女王はどうしてその葬式屋を殺さなかったの？
カナクギ　それは小船のように揺れるこの棺が、救命ボートだったからだよ。
タマキ　命を救う力が、ここに宿っていたということ？
カナクギ　ああ、それがいい。
タマキ　え？
カナクギ　女王は命を救う何かを感じて葬式屋を助けたん

だ。

タマキ　なにかって、たとえば、愛してしまったとか？

カナクギ　え？

タマキ　そうね、二人はこれから恋をするのね。やがてこの世から逃れて、命からがらこの舟に飛び乗るの？　手に手をとり？

カナクギ　そう、こんな風に。

タマキ　どこへ行くの？

カナクギ　（一人芝居）「来世だよ」「来世？」「ここにはもう何もない」「そうなの？」「この世の何もかもがマヤカシだ」「ここで育んだあたしとの愛も？」「そう愛さえもこの世にとどまろうとする時、錆びてしまう。退屈に変る。この世にいる限り愛でさえ、錆びた一本のクギになるんだ……（釘を見て自分に酔っている）」

タマキ　先生、すごい。

カナクギ　え？

タマキ　棺からはじけた、たった一本の釘でそんなことまで想像してしまうなんて。

カナクギ　嫌いかい？

タマキ　大好き、もっとときかせて、このロマンスの顚末を。

カナクギ　ああ。

タマキ　悲しいのはイヤヨ。

カナクギ　それでね、舟に乗った二人は……。

穴の中へ入る二人。

代って、オズとイマイチがでてくる。

オ　ズ　私は学者という職業柄、ロマンスにはからっきし興味が湧かない。私が世に問いたいのは、女王の恋の行く末ではない。ともあれ、発掘されたこの小船が彼等の棺であると同時に、来世の彼岸へ渡る舟であったことは、まちがいない……。（小冊子を閉じる）

イマイチ　頭にこないのか。

オ　ズ　え？　どこが。

イマイチ　どこもかしこもさ。

オ　ズ　おかしいかい？　この推論。

イマイチ　見事だよ。だから言ってるんだ。頭にこないのかって。

オ　ズ　なんでさ。

イマイチ　だってこれ、お前が書いた論文だろう。

オ　ズ　そうさ。『ひっくりかえった古代の舟』。ちょっと題名がくどいか。

イマイチ　筆者の名前を見ろ。

オ　ズ　ラスティ・カナクギ。え⁉　どういうことだ。

イマイチ　お前が尊敬してやまない、あの教授が、お前の論文を盗用したとしか言いようがない。

オ　ズ　そんなはずはない。教授に限ってそんな真似……。

イマイチ　「愛はとどまろうとする時、錆びた一本の釘に変る」。お前がタマキさんに出そうとして出せなかったラブレターじゃないか。

オ　ズ　たまたまさ。

イマイチ　仕事に没頭するのと、ぼーっとするのは違うぞ。お前気付かないのか。

オ　ズ　何を。

イマイチ　教授はいつもお前の意見を聞くだけだ。

オ　ズ　え？

イマイチ　お前は嬉しそうに答えて、あの男が「そうそうそう、僕もそう思っていた」。盗まれているのは、お前の想像力さ。

オ　ズ　たまたまさ。

イマイチ　女が盗まれてもたまたまでいられるのか。

オ　ズ　え？

イマイチ　女だよ。

オ　ズ　女？　誰の。

タマキの声　先生そんなことなさらないで。

オ　ズ　え？

カナクギ教授とタマキ、再び顔を出す。

カナクギ　だって、足の裏が汚れているから。

タ　マ　キ　おかげで他が汚れないのよ。

カナクギ　じゃあ、君の足の裏のおかげで、君の体はあれかな。

タ　マ　キ　あれって？

カナクギ　その……汚れてないのかな。

タ　マ　キ　先生なら想像できるでしょ。

オ　ズ　なにしてるんだ。

タ　マ　キ　え？　何って、いつものように先生と。

オ　ズ　先生といつも何をしてるんだ。穴の中で。

タ　マ　キ　お話よ。

カナクギ　それも楽しいやつ、思いきり弾む会話だ。人間の健康に一番いいやつだよ。どんなビタミンドリンクよりも効く。弾む会話には、ビタミン何が入ってるんだろう、AかなBかなそれともH

かな？

イマイチ　ひ素が入ってる会話もある。

カナクギ　え？

イマイチ　ひそだよ、ひそ。

カナクギ　何言ってんだ君は、ひそひそ、ひそひそ。（オズに向き直って）ね、君、あの日、釘一本出てからこっち、こんなにも次から次といろんなものが掘り出される。出るわ出るわ、なんでこんなに出るんだって、パチンコやっても少し出すぎやしないかい？　一生の運を使い果たしてるんじゃないかって、不安になる時がある、あの気分だ。

イマイチ　出してくれた玉を疑うことはないでしょう。今日は運がいいんだと思って、玉を金に換えて、金を酒に換えれば、翌朝疑いは、小便になって外へ出ていく。

カナクギ　イマイチ君、だから君はイマイチいい考古学者になれないんだ。まず疑うんだ。世界を蹴り飛ばすほどに。

イマイチ　自分の論文が盗まれたんじゃないか、とかですか。

カナクギ　何いってるの君。（オズに向きなおって）ねえ君はどう思う？

オ　ズ　どうって何がです。

カナクギ　君、ここはたかが長崎だよ。どうしてこんなにも世界中のモノが、この長崎の土の下から掘り出されるんだ？

オ　ズ　…………。

カナクギ　君！　どう思う？

オ　ズ　先生はどう思いますか？

カナクギ　何！　君、私に聞いたな？　どう思うって。

オ　ズ　ええ、たまには。

カナクギ　それじゃまるで、私に考えが無いみたいじゃないか、失礼だ、失礼千万、百万、十万だ！

オ　ズ　失礼が減ってますよ。

カナクギ　許せん、万、十万、百万、千万だ。どうだ、増えたろう。

オ　ズ　では、先生の意見を伺えるんですね。

カナクギ　勿論わしには、意見がある。が一応オズ君の意見を聞く、最後のチャンスを与える。いいんだな、わしが先に意見を述べて。

オ　ズ　あ、はい。

カナクギ　いいんだな。

オ　ズ　そんなことがあってもいいかと……。

丁度、ピンカートン未亡人が、見学者を連れて現れる。

ピンカートン未亡人　よろしいかしら、見学しても。

イマイチ　あ、夫人。

アメリカ海軍の方々　シャブシャブシャブシャブ。

ピンカートン未亡人　わざわざ長崎へいらしたアメリカ海軍の方々ですわ。

アメリカ海軍の方々　シャブシャブシャブシャブ。

ピンカートン未亡人　私のおじいさまが、蝶々夫人を死に追いやりました。その罪滅ぼしに、私はここで、長崎の孤児たちを集めて発掘事業をしています。ピンカートン財団は掘ることで、アジアへの穴埋めをしています。

オ　ズ　マダム・ピンカートン、いまやアジアへの穴埋めどころか、世界の歴史に風穴を開けそうです。

ピンカートン未亡人　どういうこと？

オ　ズ　後は、人の骨さえ見つかれば、世間に公表できると思うんです。「古代の王国、長崎にありき」と。

イマイチ　でしゃばるな、教授が説明してくださる。

タ　マ　キ　そうなのお母様、今、教授が、何故世界中のモノが、このピンカートン財団の敷地で発掘されるのかを、説明してくださるところなの。

カナクギ　え？

タ　マ　キ　ねえ。

ピンカートン未亡人　というわけで私が司会を務めさせて頂きます。マダム・ピンカートンです。

アメリカ海軍の方々　シャブシャブシャブシャブ。

ピンカートン未亡人　教授、世界中のものが、ここに？なぜ？

カナクギ　ええ……ええ……、えええ……君、これはなんだ？

オ　ズ　あ、これは！

カナクギ　なんだ。

オ　ズ　中国の皇帝が食後に歯を磨いた時の……。

カナクギ　そうだ、わしもそう思っていた。これはなんだ？

オ　ズ　あ、これは。

カナクギ　なんだ？

オ　ズ　ペルシャの皇帝が猫の耳を掃除する時の……。

カナクギ　その通りだ。これは？

オ　ズ　オーストラリアのアボリジニーが、下着が汚れないように下着の下に……。
カナクギ　そう思っていた。これは下着の下にはく下着だ。
オ　ズ　いいえ、そんなものは僕、ないと思うんです。
カナクギ　ないね、ないよ、下着の下着なんて。私はその説には真っ向から反対する立場をとってきた。だったら、これはなんだ！
オ　ズ　微妙ですね。
カナクギ　微妙なんだ。以後、考古学の世界ではこれは、「微妙」と呼ばれることになる。
タ　マ　キ　どうしてこんなにも七つの海を越えたシロモノが、長崎のさほど名高くもないこのマウンドの一箇所の土の中から見つかるの？
カナクギ　ううん……。
タ　マ　キ　博物館が丸ごと埋っているようだわ。
カナクギ　（ふりむいて）そうだ！　そうだね！　博物館だ、丸ごとここに埋っていたんだ。（ふり向いて）どう思うオズ君？
オ　ズ　どうでしょう。
カナクギ　そう、どうでしょうね、それは。博物館をもっと掘り下げてみよう。
イマイチ　博物館なんて、みんなどこかの国から、かっぱらってきたものを並べてるだけさ。
カナクギ　どうかな。
オ　ズ　そうです。
カナクギ　そうだよ。
オ　ズ　博物館のように、次から次と、普《あま》ねく世界のものが見つかるということは、ここに住んでいた彼等は、たぶん。
カナクギ　たぶん？
オ　ズ　盗人だったということです。
一　同　ぬすっと？
オ　ズ　七つの海を越えて、略奪を重ねた。
タ　マ　キ　海を越えて？
カナクギ　オズ君、でしゃばるな。
オ　ズ　え？
カナクギ　後は私がまとめよう。（釘を出して）一本の釘から、この棺の小船が、そして小船はいつも、大きな舟の救命ボートに過ぎない。
タ　マ　キ　先生これは、大きな舳《へさき》ね。
カナクギ　そうだ。
タ　マ　キ　これは艫《とも》？
カナクギ　そう。
タ　マ　キ　この丘すべてが、一艘の巨大なひっくりかえった舟に見える。ねえ、どういうこと？

カナクギ　君はどう思う？

オ　ズ　ここにあった王国は、海賊の王国だったのではないでしょうか。

カナクギ　そうだ！　そうなんだ、海賊の王国だ。

舞台そのものが古代の巨大な舟に見えてくる。

そして、掘り出されたすべてのものが、その舟に積まれた略奪品となる。

港へ着いたばかりの巨大な舟から、次々と品物が運ばれてくる。

ヒメ女　なあにこれ、ハンニバル。

ハンニバル　甲虫です。

ヒメ女　エジプトって変なところね、こんなものを有難がって。

ハンニバル　どうしましょう。

ヒメ女　そこらに置いておけば？　他にはないの？

ハンニバル　エジプトからの帰り道、エトルリアの辺りで。

ヒメ女　（大声で）また壺なの⁉

ヒイバア　折角、ハンニバルが持ってきた凱旋みやげを……。

ヒメ女　じゃあ、ヒイバア、おまえは熱海を征服した帰りに、貝でできた貫一、お宮の中途半端な人形を貰って嬉しい？

ヒイバア　とりあえずは、中途半端に微笑みますよ。

ヒメ女　ばれるわよ。微笑みがひきつるもの、そんなもの。欲しくない心が唇をひっぱるの。

ハンニバル　では、どんなみやげが欲しかったのです？

ヒメ女　あの男はどうしたの？

ヒイバア　あの男？

ヒメ女　ほら、征服した先々で王様を土に埋める役の……なんて言ったかしら。

ハンニバル　葬式屋たちのことですか。

ヒメ女　その中に、この世で一番卑しい顔をした。

ハンニバル　生きてます。

ヒメ女　あら、生きてるの。

ハンニバル　生かしておけとおっしゃったのは、ヒメ女様です。

ヒ　メ　女　でも、あの男はいつも面白いものを持って帰ってくる。

袖から、巨大な鐘が引っぱられてくる。

その巨大さゆえにひと騒ぎになっている。

人　　々　のえせ！　のえせ！
ハンニバル　誰だ、誰だ、こんなもの舟にのせてきた奴は。
ミズヲ　ああ、俺です。
人　　々　のえせ！　のえせ！　のえせ！
ヒイバア　早くなんとかしなさい。
ミズヲ　早くなんとかするのは、難しいかもしれない。大きいし重いし。
ヒイバア　なんなの？
ミズヲ　ヒメ女様にどうしても見せたくて持ち帰ってきたんです。
ヒイバア　またクダラナイものを……。
ヒメ女　おもしろい！
ヒイバア　くだらないでしょう。
ヒメ女　だっておもしろそうじゃない、なんだかわからなくて。
ミズヲ　ヒメ女にも分からないのか、ちぇっ！
ハンニバル　ちぇっ？　おまえ、わきまえろ。
ヒイバア　遠くからお話し。
ミズヲ　（少し遠くへいく）
ハンニバル　もっとだ。
ミズヲ　これでいいですか？
ハンニバル　もっとだ。
ミズヲ　声が聞こえなくなる。
ハンニバル　お前の声なんて、聞きたくない。
ミズヲ　じゃあ、もう俺の声は聞こえないんだな。
ハンニバル　聞こえない。
ミズヲ　（大声で）俺は！　昔！　奇妙な棺を見た！
ハンニバル　なに？
ミズヲ　その棺の中には猫の死骸が……入っていた。

事情を知るものたちはぎょっとする。

ハンニバル　声が大きい！
ミズヲ　あ？　聞こえました？
ハンニバル　こっちへこい。
ミズヲ　あっちへいけとか、こっちへこいとか、まったくもうっ……。
ハンニバル　ヒメ女様の許しさえあれば、すぐにでも殺したい男ナンバーワンだ。
ヒメ女　（ずっと鐘に興味を抱いていたが）ねえ、これ、ひっくりかえった舟よ。
ミズヲ　え？
ヒメ女　ひっくり返った舟、誰かが乗っていて、その

ミズヲ　ままでも叩いてみてください。

地面の上なので、鈍い音がする。

ミズヲ　動くのが面倒臭そうなほど、醜い音をだす。こんな調子じゃ水に浮かばない。
ヒメ女　だからひっくりかえったのよ。
ミズヲ　その前に、沈むんじゃないですか?
ヒメ女　ひっくりかえったのよ。
ミズヲ　いやそうは思わない。
ヒメ女　ひっくりかえった舟なの!
ミズヲ　いや……。
ハンニバル／ヒイバア　(ばらばらに)ひっくりかえったんだ! ヒメ女様がひっくりかえったというんだから、ひっくりかえった舟以外のなにものでもないんだ!(同時に)わかったら、さがれ。
ミズヲ　わからないし、さがれない。じゃ、賭けをしましょう。
ヒメ女　いいわよ。
ヒイバア　おやめなさい。
ミズヲ　中に人間の骨か何かが入っていたら、ひっくり返った舟、ヒメ女様の勝ちだ。
ヒメ女　なにをくれる?
ミズヲ　俺の唇。
ハンニバル　いらん。
ミズヲ　だったら俺の明日。
ヒメ女　何も入ってなかったら?
ミズヲ　きっと、ひっくり返った舟じゃない。他の何かだ。
ヒメ女　その時は?
ミズヲ　(突然の土下座)以後俺の目にとまるすべての死体を俺に葬らせてください。
ヒメ女　死体をすべて?
ミズヲ　俺が葬る。
ヒイバア　お前の明日とすべての死体。釣合のとれた賭けだわ。
ヒメ女　いいわ。誰か、このひっくり返った舟を、もう一度ひっくり返らせて。
ハンニバル　力持ちでてこい!

ハンマーら、力持ちたち出てくる。

力持ちたち　のえせー!……のえせー!……のえせー!

ハンマー　……！
　　　　重い、重い。
ミズヲ　だめか！
ハンマー　綱をつけろ。
ミズヲ　のえせ！
力持ちたち　チーチーヒス、チーチーヒス、チーチーヒス、チーチーヒス。
リース　向こうへまわれ。
力持ちたち　あげろ！　あげろ！　チーチーヒス。

　巨大な鐘が上がっていくに連れて、その中から猛烈な光が出てくる。

ミズヲ　あがった！　あがったぞ！
力持ちたち　チーチーヒス！　チーチーヒス！
コフィン　もう少しだ。
力持ちたち　チーチーヒス!!

　完全にあがりきったところで、猛烈な光が、最高に達したと思われた瞬間、突然の暗転となる。
　暗転中にかすかな声が聞こえてくる。

声1　すごいですよ、見てください。
声2　暗くてよく見えない。
声3　闇で目を洗うの。そうすれば見えてくるわ。
声1　鐘です。
声4　鐘？
声1　巨大な鐘のようです。
声4　中を覗いてみろ、何かないか。
声1　ありました！
声4　なんだ。

　だんだん、明るくなると、その声の持ち主がカナクギ教授達であることが分かってくる。

オズ　骨です、人の骨です。遂に古代人の骨が見つかりました。
カナクギ　鐘の中にか。
オズ　はい、鐘の中にです。
タマキ　こっちへきて。
カナクギ　どうした。
タマキ　なにかしら鐘の内側のこの紋様、ひっかいた跡

イマイチ　みたい。
オ　ズ　あ、もう五時過ぎてる。
イマイチ　え？
オ　ズ　私、失礼します。
イマイチ　イマイチ先輩、この大発見の日にどうしてそんな風でいられれ……。
オ　ズ　（制して）冬は暮れるのが早いですから。（去る）
カナクギ　イマイチ先輩！
オ　ズ　放っとけ。やったんだ！　やった！　やった！
カナクギ　大発見だ。
オ　ズ　やりました。釘一本からはじまった、想像力のボランティア活動が、古代人の骨を探りあてたんです。
タ　マ　キ　古代人は、もうすぐそばで息をしているのね。本当にここにいたのね。
カナクギ　いると信じ続けた私が正しかった。明日にも正式に、私の名で、この大発掘を世間に公表しよう。
オ　ズ　先生。
カナクギ　え？
オ　ズ　先生おひとりの名で、ですか？
カナクギ　あ、すまん。二人だ。共著ということにしよう。
オ　ズ　私を支え続けてくれた……。
カナクギ　はい。
オ　ズ　愛する……。
カナクギ　はい。
オ　ズ　私の新妻との。
カナクギ　新妻？
タ　マ　キ　あ、君、まだ言ってなかったのか？
カナクギ　え？　ええ。
タ　マ　キ　結婚するんだ、タマキ君と、来年の春。
オ　ズ　オズさん、ごめんなさい。
カナクギ　ごめんなさいって……。
オ　ズ　オズ君、君もよくやってくれたし、また君自身にとっても、今度の仕事はいい勉強になったと思う。
オ　ズ　いい、勉強に、なりました。
タ　マ　キ　あなたが古代を想う時の想像力はとびぬけていた。でも現実を想像する力がまるでなかった。日常で何が起っているか。あなたが掘っている隣りのマウンドで、フィアンセの心に何が起っているのかさえ、想像できなかった。私の心変わりをさえあなたは想像できなかったの。

オズ　心変わり？
カナクギ　私がちょっかいを出したわけじゃないんだ。
オズ　え？
タマキ　そうなの。
オズ　お嬢さん、穴の中にい続けると酸欠をおこして自分で言ってる事が分からなくなるものです。
タマキ　（制して）好きになったのは私なの。
オズ　古代の姿が、俺の目には、こんなにも明るくはっきりと見えているのに、この世は……闇だ。
（倒れる）

また突然、真っ暗になる。その中で声が聞こえる。

声１　大丈夫か。
声２　何が起ったの？　ヒメ女様はご無事ですか。
声３　ヒイバア、ここよ。
声２　ああ良かった。
声１　あかりを！

うっすらとあかりがつくと、再び古代に戻っている。

ヒメ女　どうして突然、真っ暗になったの？
ハンニバル　この中に封印していたものが、飛び出したんだ。
ヒイバア　おそろしや、おそろしや、私は見たよ、何か邪悪なものがでていった。
ヒメ女　いいえ、美しかったわ。この世ができた時の光のようだったわ。ミズヲ。
ミズヲ　はい。
ヒメ女　どこでこれを見つけたの？
ミズヲ　パンドラという都市の辺り。
ヒメ女　パンドラ？
ミズヲ　いつものように、舟を横付けした海岸で兵士たちが略奪の限りを尽くして、イクサを終えて、一面が死体の山になった。

穴を掘り死体を埋める姿が見えてくる。

コフィン　ミズヲの合図で、俺たちは死体を埋めるために、穴を掘りはじめた。
ヒメ女　なんでわざわざ、安っぽい兵士まで、お前は埋めるの？

リース　「土に埋めるのは、尊い王様だけでいい。放っとけ」。俺はそう言ったんですが。
ミズヲ　これはもう、俺の癖だ。
コフィン　机の上にモノがあると、必ず抽斗にそいつをしまうように、死体を見ると、地面に埋めてやらないと気が済まないんです、こいつ。
ハンマー　死体に几帳面な男なんです。
ヒメ女　どうしてそんな几帳面さが、身についたのかしら。
ミズヲ　生まれてからずっと、俺のまわりには、死体しかなかった。俺は、来る日も来る日も何か月もかけて、まわりに散らばる死体を掘っては埋め、掘っては埋めた。俺にとって人間は死体なんだ。死体姿が当り前だった。喋る人間や動く人間を見るとぞっとした。奇形にしか見えなかった。とりわけ笑う人間の気持ち悪さと言ったらなかった。笑い顔をはじめて見たときは、走って逃げた、死体のソバへ向かって。
ヒメ女　だから埋めるの？
ミズヲ　そう。俺には、この地上に、人間もモノもあってはいけない気がしてならない。すべてを地面の中に埋めてやらないと気が納まらない。埋めて、埋めて、埋めて、埋め続ける。
コフィン　俺たちは違います。
ハンマー　つきあいで埋めてるんです。
コフィン　ミズヲとはオサナなじみだからな。
ハンマー　それだけです。
リース　あっ！
ミズヲ　どうした。
リース　何だろう、ガツッと何かにあたったぞ。
コフィン　ひっくり返った舟みたいだ。
ミズヲ　といったいきさつで、こいつをパンドラで掘り当てた。けれども、地上に掘り出されたモノは、人間の一生と同じで、俺には興味ない。どうせ、あっという間に、また地面に埋められるだけだ。
ヒメ女　じゃあ、これもまた地面に埋めてしまうつもり？
ミズヲ　そうさ。
ヒメ女　あんなに美しい光を吐き出したのに？
ミズヲ　ああ、きっともう二度とは、吐き出さない。
ヒメ女　そうかもしれない。美しいものに出会うのは、お化けと出会うようなもの。いつまでもそこで待っていてはくれない。柳の下で見つけた美しさを人に見せたくて、連れていっても、お化けと同じ、そこにはもう美はいない。
ヒメ女　じゃ、もうこれを埋めていいんですね。
ミズヲ　お望みとあらば。
ヒメ女　と、うまいこと言って。
ミズヲ　え？
ヒメ女　賭けを忘れちゃ、いやだな。
ミズヲ　あら。
ヒメ女　コフィン、中を覗け。

コフィン、梯子を使って、吊された鐘の中を覗く。

ミズヲ　何か入ってるか？
コフィン　何も入ってない。
ミズヲ　賭けは俺の勝ち。これからは、この瞳にとびこんでくる俺の目にとまるすべての死体が俺のものだ。
ヒメ女　違うわ。何か入っていたもの。美しい光を見たでしょう？
ミズヲ　光は光さ。兎に角、これがひっくり返った舟でないことだけは、確かだ。
ヒメ女　ひっくり返った舟よ。
ミズヲ　違う。
ヒメ女　ひっくり返った舟なの！
ミズヲ　違うね、絶対に。
ヒメ女　ひっくりかえっ……。
ハンニバル
ヒイバア　}（ばらばらに）ひっくり返った舟だ！　ヒメ女様が、ひっくりかえった舟というからには、ひっくりかえった舟なんだ。しつこい。（同時に）わかったか、下がれ！
ミズヲ　わからないし、さがれない。
ハンニバル　だったらわからせてやる。

ハンニバル、ミズヲをひき下がらせようと、剣で脅す。身をかわすミズヲ。
そのはずみに、ミズヲが、杭につないでいる綱に触れる。
その拍子に杭が、鐘に当たる。
はじめて、その鐘は、美しい音を響かせる。
一同、その美しさに酔い痴れる。

ヒメ女　あたしの負けだわ。
ミズヲ　え？
ヒメ女　これは、ひっくり返った舟じゃない。陸《おか》に上

ミズヲ　がって、かくも美しき音色をあまねく世界中に響かせて、きっとこの中に入っていたのは立ちのぼる煙り、天に舞う魂、それが人々に何かを告げようとしているのよ。

一　同　なにかって？　なにかね。

ヒメ女　なにかね。

ミズヲ　そう呼びましょう。

ヒメ女　え？

ミズヲ　これは、なに……カネって。

ヒメ女　カネ？

ヒメ女　ええ、これはパンドラの鐘。

ミズヲ、もう一度、鐘を鳴らす。
美しく響く。
誘われるように、奥の間から男が現れる。
男、遠眼鏡をのぞいている。

ハンニバル　パンドラの鐘の音に誘われて、狂おしの王が……。

狂　王　ウズ！……3・1415ウズ！……七番線白線よりおさが、ウズ！……ただいま当機は高度10246ウズ！

ヒイバア　ウズって何？

ハンニバル　それがわかれば私が狂人。

ハンマー　誰だ、あのキチガイは。

コフィン　見たことがあるぞ、ケモノのなりはしているが。

ハンマー　狂うという字は、ケモノ偏に王と書く。

コフィン　じゃあ、あのケモノの衣をとると……王が？

リース　王だ、なくなったはずの王だ！

コフィン　どういうことだ。

リース　見て見ぬ振りをしろ！

ヒメ女　兄さん、何か見えるの？

狂　王　ああ。

ヒメ女　何が見えるの？

狂　王　ああ。

ヒメ女　何にも見えないの？

狂　王　ああ。

ヒメ女　今よ！

奥の間へ狂王を押し込む。
一同騒然となり、その場から立ち去る。
残るのは、ヒメ女、ヒイバア、ハンニバル。

ヒイバア　だから私はあの時言ったのよ。王が狂ったことを、素直に告げるべきだと。
ハンニバル　そんなことをすれば、王家の名に傷がつく。
ヒイバア　傷なら治る。時がたてば。
ハンニバル　しかし、狂気の家系だと思われたら、誰も王家に従わなくなる。舵とりのできない海賊船では滅びるのは、時間の問題だ。
ヒイバア　でもこのお嬢様がいらっしゃったのよ。
ハンニバル　だからこそだ。一点の汚れもない姿で王位を継いでいただきたかった。狂った王様の妹と聞けば、誰もが疑う。いつ狂っても不思議はないと。
ヒイバア　お嬢様がキチガイになるっていうのかい？
ハンニバル　噂がキチガイにすると言ってるんです。
ヒイバア　私は七代、王様に仕えてきたんだ。
ハンニバル　どうだか。
ヒイバア　どうだかって、どういうことだい。
ハンニバル　わかるのは、婆あだってことだけだ。
ヒイバア　婆あじゃない、トラディショナルレディーとお呼び。
ハンニバル　秘密は、さっさと土の下に埋めてしまえと言ったのは、そのトラディショナルレディーですよ。
ヒイバア　お前の意見に従っただけだよ。私は、いつか秘密が掘りおこされることは、はなから知っていた。王様の耳がロバの耳だった時代から。キーキーキー。
ヒメ女　もうやめなさい！
ハンニバル　え？
ヒメ女　あの鐘の音と共に、すべてがもう知れ渡ったの。あの葬式が嘘だったことも、そこで流した涙が嘘だったことも。でも安心して。どうして安心などできます。お嬢様。
ヒイバア　私がもうお嬢様ではないからよ。私は女王なのよ。
ヒメ女　あ、はい。
ヒイバア　誓うわ。私が、立派な王になってみせる。
ヒメ女　え？
ヒイバア　簡単なことなのよ。
ヒメ女　簡単？
ハンニバル　誰もなにも言えないほど、立派な王様になるわ。
ヒメ女　そうだよ。このお嬢様……女王ヒメ女の正気の光で、あの狂王の狂気を消してしまえばい

ヒメ女　いのよ。噂なんて少しもこわくない。ヒメ女という名前が、何百年も何千年も、歴史をつんざく雷のように轟き渡る、そんな王になってみせる。だからもう何も隠すことはない。

ヒイバア　はい。

ヒメ女　狂った兄さんの姿を。

狂王の周りに人々が集まってくる。

フラッシュが焚かれる。

その姿が、次第に、現代の記者会見場に変っていく。

カナクギ教授が、その中心にいる。

カナクギ　「戦争と海賊と貿易は、三位一体にして分けがたい」。メフィストフェレスの名高いコトバを借りて、この歴史的な大発掘に関する論文をしめることにします。

記者1　それほどまでの古代王国の存在が、何故今まで隠されていたのでしょうか。

カナクギ　隠されていたのではありません。あまりにも深くに、埋められていたのです。

記者2　けれどそのヒメ女という女王の名は、邪馬台国の卑弥呼などに比べると、全くといっていいほどに知られていません。

カナクギ　それは、これからの我々の研究にまたれるところです。

記者3　現代が、古代を変えていくということですね。

カナクギ　はい。この現代に生きる私の手が、古代を書きかえることになります。

記者1　その偉大な手を。

カナクギ　え？

記者一同　カメラに向かって。

カナクギ　こうですか？

手のひらをみせるカナクギ。

パッパと、フラッシュが焚かれる。

記者たちは消え、タマキがそこにいる。

タマキ　なにをなさってるの？

カナクギ　え？　いや。

タマキ　夢見てたの？

カナクギ　あ？　ああ。

タマキ　あと三時間で現実になるわ。あなたの頭の中で

カナクギ　浴びたフラッシュが現実の光になるの。
タマキ　まだ三時間もあるのか。記者発表まで。
カナクギ　でも不思議、あと三時間すると数千年の歴史が変るなんて。この数千年は何だったの？
タマキ　君と私が出会う為のプロローグだよ。
カナクギ　あ、そうか。
タマキ　そして今日、君は私の隣に座っている。
カナクギ　数千年の隣に座る三時間のように？
タマキ　つましく、けれど力強く。
カナクギ　三時間がお膝の上に乗ってはダメ？
タマキ　それは数千年の方が困るな。
あら？

怪しげな男が一人立っている。
古代のハンニバルである。

タマキ　あ、ごめんなさい。まだ会見までは間がありますわ。
男　いえ、会見前にどうしてもお会いしたくて。
タマキ　新聞記者の方？
男　そんなところです。
タマキ　そんなところって、（小声で）感じ悪い。
男　すばらしい発見なんだそうですね。
カナクギ　なにが。
男　論文です。
カナクギ　まだ未発表ですが。
男　パンドラの鐘でしたか？
カナクギ　え？　どうしてそれを？
男　読ませていただきました。素人の私にはいささかチンプンカンプンでしたが……。
タマキ　誰が論文のことをもらしたの？
男　質問をするのがこちらの立場でして。
カナクギ　立場？　なんだ君は。
男　古代からの来訪者。
タマキ　なあにそれ。
男　この論文の著者は、カナクギ教授、あなたにまちがいありませんね。
カナクギ　もちろん。
男　共著となっているのは？
タマキ　私です。
男　あなたがタマキさん。マダム・ピンカートン未亡人の娘さんですね。
タマキ　え？　ええ。
男　確認します。大事なことですから。あなたとタ

カナクギ　マキさんの二人だけで、これを書いたのですね。くどい。

男　他に協力者は？

カナクギ　いない。

男　では、今まで誰にも知られずにいた、この古代の女王の存在に気付いたのは、この地上にただあなた方お二人というわけですね。

カナクギ　そういうことだ。

男　偉大な先生を、誰にも気付かれないように連行しろ。

カナクギ　え？　どういうことだ。

男　踏み込め！

三、四人の官憲風の男らが現れる。

男　逮捕する。

カナクギ　馬鹿なことを言うな！

男　速やかに、手際よく。

カナクギ　逮捕状とか見せろ。

男　とか？　そんなものは要らない。拉致した痕跡を残すな。流れてきた情報通りだった。もう三時間遅れていたら、大変なことになるところだった。

官憲ら、カナクギを連れ去る。

タマキ　あの、私は教授のお手伝いをしていただけなんです。本当に何も知らない……。

男　御安心下さい。ピンカートン未亡人と取り引きをしました。

タマキ　取り引き？　お母様と？

男　古代と現代の取り引きです。共に静かに暮らしましょう。（去る）

穴から顔を出す、オズとイマイチ。

オズ　どう考えればいいんでしょう。

イマイチ　天罰だと思え。

オズ　天罰？

イマイチ　教授はお前の著書を盗んだんだ。

オズ　だとしたら、逮捕されるべきは僕じゃないか。

イマイチ　そうさ、お前だよ。名乗り出るか？　私を逮捕してくださいって。

オズ　いや。

イマイチ　そうだろう、幸運と思え。
オ　ズ　教授はこうなることを知っていらっしゃったんだ。僕の身代わりに捕まってくださったんだ。
イマイチ　そうだ、そう思え。
オ　ズ　そうなんです。この先僕が研究を続けることができるように。
タマキ　そうなの。
オ　ズ　え？
タマキ　私もあなたの身代わりになろうと思って、あなたの下を去ったの。オズ。
オ　ズ　（吸い寄せられる様にタマキに近づく）
イマイチ　オズ！
オ　ズ　（ハッと）どうして僕は現実をいいように解釈するんだ。僕は現実を想像する力に欠ける男なんだ。
タマキ　誰がそんなひどいことを。
オ　ズ　あなただ！
タマキ　酸欠だったの。信じて。身代わりは本当。あなたを愛していたからよ。オズ。
オ　ズ　（ふらっとタマキの方へ）
イマイチ　（間に入って）オズ！　身代わりなら教授一人でいいだろ。
タマキ　二人身代わりになるほど、これは危険を孕んだ仕事だったの。あなたこそ見た目は身代わりタイプよ。
イマイチ　身代わりにはなれなかったが、お前の代りに情報をもらしてやった。
オ　ズ　え？
イマイチ　俺は五時きっかりに仕事を終えては、あるバイトをしていた。
オ　ズ　アルバイトを？
イマイチ　あるバイトだ。
オ　ズ　やばいバイトということですか。
イマイチ　うん。政府系の発掘事業団に、ここの発掘の様子を逐一報告するバイトさ。
タマキ　それじゃ、盗人よ。
オ　ズ　我々が苦労して掘り出した成果を、横流ししていたんですか。
イマイチ　時局柄どうなるか分からないからな。
オ　ズ　時局柄？
イマイチ　穴ばかり掘っていて知らないだろうが、今日本とアメリカの関係がうまくない。
オ　ズ　そうなんですか。
イマイチ　だから俺は、昼間はマダム・ピンカートンの下で、アメリカに尽くし、五時からは日本にご奉公していた。

タマキ　時局がどちらへ転んでも良いようにですか。

オズ　あたしは、日米のハーフだけれど、あなたは生活態度がハーフだわ。

イマイチ　ええ、ニューハーフです。

オズ　そして突然、政府が乗り込んできたっていうんですか。

イマイチ　俺もこんなことになるとは思ってもみなかった。

オズ　あのパンドラの鐘は、掘り出してはいけないものだったのかもしれません。

イマイチ　ああ。

タマキ　これ以上謎を掘り出したら。

イマイチ　どうなる？

タマキ　（イマイチを指して）あなたが埋められることになるかも。

イマイチ　やめた。帰る。もう五時だ。おい！　現場撤収しろ……オズ、冬の日だけじゃない、人生も暮れるのが早い。

イマイチ去る。間。

タマキ　ただいま。

オズ　ただいまって……。

タマキ　ただいま、あなたの胸に。（オズの胸に顔を埋める）

オズ　この胸はあなたが戻ってこられるところじゃない。

タマキ　ここでいいの。

オズ　教授の胸があるでしょ。

タマキ　あたし知ってたの、お母様から聞いて。いずれは誰かが逮捕されなくてはいけないこと。

オズ　嘘だ。

タマキ　あなたに捕まって欲しくなかったの。

オズ　僕には現実を想像する……うっ。

タマキ　（口づけでオズの口を塞ぐ）酸欠だったの。信じて。

オズ　うん。

タマキ　これで二人だけになれたのよ。やっと船出ができるの、古代に向かって、たった二人で。ヒメ女の恋の行く末を追って。

オズ　今にも落盤がおこりそうな物語を、これ以上掘り進んでいくのですか？

タマキ　あなたなら掘り当てることができる。何故ヒメ

オズ　女の名前がこの歴史から消されたのか。
危ない、もうよそう。いつ天が落っこちてくる
やもしれない。そんな女王はいなかったんだ。
タマキ　たった一本の釘からはじまった俺の妄想なんだ。
妄想には骨がない。けれど、もう、そう、骨は
見つかったじゃない。
オズ　たしかに。
タマキ　あの骨はヒメ女よ。しかもパンドラの鐘の中に
閉じこめられるように入っていた。
オズ　今何て言いました？
タマキ　閉じこめられたって。
オズ　そうだ！　閉じこめられたら息ができない。
タマキ　酸欠で死んだのね。
オズ　とすればヒメ女は。
タマキ　え？
オズ　ヒメ女は殺された王なのか。

パンドラの鐘が鳴る。タマキとオズに代って、ヒメ女とミズヲ。

ヒメ女　ああ、この音に吸い込まれてしまいそう。人を葬るたびに、このパンドラの鐘を鳴らす。ミズヲ、おまえ、本当にいいことを思いついたわ。今では、この鐘の音を聞くたびに、ああ誰かが死んでその魂がこの音の中に入っていくんだ。そうとしか思えなくなってきたもの。

またパンドラの鐘が鳴る。

ヒメ女　今また誰かが死んでいったのね。
ミズヲ　はい。たった今。弔いをおえました。
ヒメ女　女の人だったでしょう？
ミズヲ　え？
ヒメ女　それも白髪の混じった気品のあるご婦人。
ミズヲ　どうしてわかったんです？
ヒメ女　死んだ人によって鐘の音色が違う。わかる？
ミズヲ。
ミズヲ　どの音も同じ気がする。
ヒメ女　今、ドの音ってミの音で言った？
ミズヲ　え？
ヒメ女　ドもミもソもないわ。なにがド、なにがミ、なにがファよ。それで人間は音を説明した気になってる。音に階段つくって何がわかるの、なにがドファラよ、ドファラって何？

ミズヲ　八つ当たりですか。
ヒメ女　低いドから高いドまでが八つあるから八つ当たり、そう言いたいの？
ミズヲ　そんなこと言ってません。
ヒメ女　弁護してるのよ、この世の音色のために。
ミズヲ　音の身にもなってやれってことですか？
ヒメ女　今、音のミってドの音で言った？
ミズヲ　またそこへ戻りますか。
ヒメ女　ドはドに戻るの。でも同じドの音だから、誰の耳にもドっと響くとでも思っているの？
ミズヲ　しかし鈴の音は、世界中の誰にでもリング、リングと聞こえるそうです。
ヒメ女　今、鈴の音と鐘の音を一緒にした？
ミズヲ　形は似てません？
ヒメ女　金へンに命令すると書いて鈴。鈴の音にはいつも命令する響きがある。りんりんりんりん、豚にはメシ食え、りんりんりんりん、トナカイに走れ。うっとうしいったらありゃしない、鈴の音とサンタクロース。どうしてそう人をせかすの、鈴の音は。それに比べて、鐘という字はわかる？金へンに童《わらべ》がついているの。
ミズヲ　金に童ってどういうことですか。
ヒメ女　金に童よ、命令する音とは大違い。ワラベなんだもの。ふらふら、世界をさまようの。どこにも帰りたくない音なの。その音は、立ち上る煙のように、曖昧に天に向かって溶けていく。ほら耳を澄まして、また誰かが死んでいくわ。

二人耳を澄ます。
鐘の代りに、人の声が聞こえる。
ヒメ女とミズヲ、去る。

声1　海岸です！
声2　また海岸か。
声3　急げ、先へ行け。

数名の人間が走り抜けていく。その後ろから、ハンニバルが姿を現わす。続いてコフィン、ハンマーらが現れる。

ハンニバル　どんな様子だ。
コフィン　打ち上げられたイルカみたいに重たそうです。
ハンニバル　数は？
ハンマー　百は超えてます。

ハンニバル　被害甚大だ。すべてわが兵か。
ハンマー　はい。
リース　どうします？
ハンニバル　まだ誰にも見られていないんだな。
リース　今のところ。
ハンニバル　だったら今日も海に投げ込め。ミズヲにだけは知られるな。うまくやれば、お前がじきに最高の葬式屋だ。

海岸のほうへリース、コフィン、ハンマー走り去る。そこへヒイバア。

ヒイバア　またやられたの。
ハンニバル　はい。
ヒイバア　これで何度目？
ハンニバル　今年になって十三度目です。
ヒイバア　もう疑いようがない。認めるしかない。
ハンニバル　……はい。
ヒイバア　攻め込まれているの？　わが国が？　今まで奪うことしか知らなかった無敵のこの王国が……今夜はとことん呑みたい気分よ。
ハンニバル　俺も呑んでいいかな。
ヒイバア　いつだったか、海辺にあまたの死体を見つけた日、おかしいとは思ったの。おまえはその時、津波のせいにしてその場をしのいだ。次の時は嵐のせい、それから地震、雷、火事。でも親爺のせいって何よ。あの辺りから変だと思ったの。いつからこうなの？
ハンニバル　あの頃から。
ヒイバア　あの頃？
ハンニバル　パンドラの鐘がはじめて鳴った日、そしてヒメ女様が立派な女王になると誓ったあの日からです。
ヒイバア　誓った日からダメになる。安っぽい恋と同じ。
ハンニバル　そう、恋人達よ！　誓いなんかたてるから破られるんだ。
ヒイバア　トオイ日のチカイとはよくいったものね。
ハンニバル　言わないし。
ヒイバア　ハヤクきくノロイみたいなものよ。
ハンニバル　あんた酔った？
ヒイバア　ちょっと。
ハンニバル　俺も酔うぞ！　無礼講のハンニバルだ。
ヒイバア　あの日の誓いをサカイに、あれほどけだかかったヒメ女が、パンドラの鐘の音をきくことだけに、耳を奪われ心奪われもはやこの国さえ奪われそう。海賊の王国が攻め込まれてどうするの。あれほど栄えていたこの国が……

ハンニバル　今夜は酔わせて。

ヒイバア　すべてはあのパンドラの鐘だ。あの鐘の中から悪霊がとびだしたんだ。

ハンニバル　そんなもの見なかったよ。

でもあの鐘を、強奪してきてからです。誰一人敵の姿を見たものはいないのに、気が付けば、海岸にはわが兵の死体の山。スローモーションの津波だ。音もたてずに攻めてくる……おかわり。

海岸の方からコフィンら走ってくる。
追ってミズヲ出てくる。

リース　ミズヲだ！

コフィン　死体をかくせ！

ミズヲ　死体ドロボー。（揉みあいの果て組み敷く）あ、コフィン、お前……どういうつもりだ。

コフィン　どういうって。

ミズヲ　知ってるだろ、今やここらの死体はすべて俺のものだ。幼なじみを死体ドロボーなんて呼びたくはないが死体ドロボー！

ハンマー　俺たち盗もうとしたわけじゃない。

ミズヲ　ハンマー、お前もか、死体が欲しければ欲しいと言え。水臭いぞ。ばらで売ってやる。でも盗むのはやめろ。情けない。幼なじみに死体を盗まれるなんて。

ヒイバア　（ハンニバルに）葬式屋の幼なじみってみんな、あんな会話してるのかい？

コフィン　盗みじゃない。海へ投げ込もうとしただけだ。

ミズヲ　何十年葬式屋をやってるんだ。埋めてこそ死体だろう。

コフィン　そうか？

ミズヲ　何故海に投げ込む。海は海亀の帰るところだ。人は土に還るんだ。

リース　海に投げ込むように言われたんだ。

スペード　言われたんだ。

リース　お得意さんに。

スペード　お得意さんに。（ハンニバルを見る）

ミズヲ　お得意さん……。（とハンニバルと目があう）え？　おまえか、おまえの指図か。

ハンニバル　海岸を掃除させただけだ。船出のじゃまになる。

ミズヲ　俺の財産に手をだすな。

ハンニバル　財産？

ミズヲ　死体は俺の財産だ。生活だ。人生だ。いや希望だ。死体は俺の希望なんだ。

ハンニバル　ふつうは、希望というのは、あなたを訪ねるものだ。

ヒイバア　そうよ、遠い国へまた汽車に乗ったりしてね。

ハンニバル　大人になると、黙ってどこかへ立ち去るけれど。

ミズヲ　コフィン、今日が初めてか。

コフィン　いやここのところずっと。

ミズヲ　ずっと？

コフィン　ああ。

ミズヲ　では、今日俺が見つけた数より、もっと多い死体が上がっているということだな。

リース　近頃はこの港からは一艘も船出していない。

ミズヲ　え？

ハンマー　防戦一方らしいよ。

ミズヲ　どういうことだ？　え？　そうなのか、ハンニバル！

ハンニバル　ヒメ女様の耳にだけはいれないでくれ。

ヒメ女　何を？

ハンニバル
ヒイバア　｝え？

いつしかヒメ女がいる。
ヒイバアとハンニバルの足取りはもはや危ない。

ヒメ女　おまえたち、酔ってるの？

ハンニバル　いえ、その……。

ヒメ女　みやげは？　ハンニバル。

ハンニバル　みやげ？

ヒメ女　近頃、みやげがないのね。私の耳には東の海でも南の海でも連戦連勝、向かうところ敵なしの報せしか入ってこないけれど、ここのところ貫一お宮のおみやげさえない。

ミズヲ　コフィン、死者を早く丘の上に運べ。

コフィンらが、海岸から次々と死体を運び、通っていく。

ミズヲ　ヒメ女、今日はこれから格別にパンドラの鐘

ヒメ女　が鳴り続けますよ。
　さっき私が耳にしたことは本当なの？　そうなの？　ハンニバル、隠していたの？　敵が押し寄せているの？　この海岸まで？　どうなの？
ハンニバル　…………。
ヒメ女　どうなの⁉
ハンニバル　はい。
ヒメ女　ヒイバア、おまえも知っていたの？
ヒイバア　うすうすとは。
ヒメ女　何故隠していたの。
ヒイバア　王国を守るためには隠しおおす方がいいこともあるのです。
ヒメ女　兄さんのときはどうだった？
ハンニバル　だからです。
ヒメ女　え？
ハンニバル　パンドラの鐘が鳴り、狂人の姿でお兄様が現れ秘密を公にしてから、人々は口々に、この王家は狂っていると噂しはじめました。
ヒイバア　だから、あの時わたしは言ったの。隠しおおせと。
ハンニバル　あなたは言わなかった。
ヒイバア　言いました！
ハンニバル　いつも後からそういう事を……。
ヒイバア　お前こそ……。
ヒメ女　それで⁉
ハンニバル　え？
ヒイバア　え？
ヒメ女　私も狂っていると？
ヒイバア　いえ、まだそこまでは。
ヒメ女　ミズヲ、死体の数はいくつ？
ミズヲ　今日は百八つありました。
ヒメ女　では百八つ鐘を鳴らし続けるつもり？
ミズヲ　そういうことになる。
ハンニバル　近頃、人々は気付き始めた。鐘が鳴る時、誰かが死んだのだと、しかもその数がただ事ではないとわかれば。
ヒイバア　そうですよ。うっすらとこの王国に何事かが起っているか気付き始めますよ。
ヒメ女　何が起っているの？　ヒイバア。
ヒイバア　もしかしたら、滅びゆく序章かと。
ハンニバル　その事をいたずらに人々に知らせる事になります。だからこのうえ、尋常ならぬパンドラの鐘を鳴らし続け、戦死した人間の数の多さを知らせることは、その数のあまりの多さに、この国が根こそぎ揺れるのではないか、そう憂えているんです。

ヒイバア　お願いです。ヒメ女様、もうしばらくパンドラの鐘を鳴らし続けるのはお控え下さい。ハンニバルも申しております。必ずまた強い国になると。

ハンニバル　我々の頭上でパンドラの鐘を鳴らすのではなく、海の向こうで、略奪した国で、征服した地のその先々の空で、パンドラの弔いの鐘を鳴らせてみせます。

ヒイバア　それまではどうか、人々の耳には……。

ヒメ女　それでも鐘を鳴らすの？　ミズヲ。

ミズヲ　約束だ。ここらの死体はすべて俺のものだ。丘の上に運べ。そして葬る。土に埋め、祈りを捧げ、パンドラの鐘を鳴らす。

ハンニバル
ヒイバア　}ヒメ女様！

ヒメ女　約束だわ。言われた通りにしなさい。

ヒイバア　狂ってしまわれた、ヒメ女様まで。

パンドラの鐘が鳴り続ける。

ヒメ女とミズヲをのこして、人々去る。死者が運ばれ、丘は美しい墓地に変っていく。

ヒメ女　弔いの鐘が鳴り、弔いの丘に千紫万紅の花が咲き誇っていく。信じられる？　ミズヲ。こんなに美しい景色が、国が滅んでいく予兆だなんて。

ミズヲ　だとしたら、未来は俺の味方だ。

ヒメ女　え？

ミズヲ　俺は葬式屋だ。この国が死体で埋め尽くされればされるほど葬式屋は栄える。弔いの丘に、美しく千々に咲き乱れる花は、丘の下に眠る死者を養分にしている。やがてこの国が滅びる日、この丘に俺の王国ができることになる。

ヒメ女　おまえ、そんなことを望んでいるの？

ミズヲ　俺が望んでいるんじゃない。勝手にそうなるんだ。未来が葬式屋に味方するんだ。滅びれば滅びるほど、俺は栄え、俺は葬式王と呼ばれる。

ヒメ女　そうかもしれない。

ミズヲ　え？

ヒメ女　これは禁じられた遊び。この景色に見とれるほどに、もっともっとこの弔いの丘に、弔いの鐘

ミズヲ　が鳴り、花が咲けと思ってしまうもの。
でも俺は何ひとつ悪いことはしていない。人を殺しはしない。葬るだけだ。弔うだけだ。あのひとつずつの小さな木や石の下に死者が埋もれ眠っている。なだらかな丘の曲線に沿って鐘の音が走る。その時、南風の柔らかい舌が死者の丘をなでている。俺は死者を怒らせはしない。鎮めているだけだ。死んだ肉体を土に還し、魂を音色に還しているだけだ。俺は夢見る。この地上に誰もいない景色、死者が土の中で眠るばかりの風景。なんて美しいんだろう。見はるかす地上に、人間がいない眺め。
ヒメ女　そんなに言うのなら、お前も人間をやめれば？
ミズヲ　俺の方が聞きたい。
ヒメ女　何を？
ミズヲ　何故人は、死者をこんなに忌み嫌うんだ。ついこの間まで生きていて、話もし、笑ってもいた、まして知り合いが死んで化けて出てきたら「きゃあ」じゃなくて「やあ」じゃないのか。
ヒメ女　でも幽霊は足がなかったりするのよ。
ミズヲ　とすればそれは、足の不自由な幽霊だ。
ヒメ女　あたしが死んで、そんな姿で化けてでてきても、あなたは「やあ」と言ってくれる？
ミズヲ　言うよ。「やあ」でも「おお」でも「ナイストゥーミーチュー」。
ヒメ女　うわあー、ひさしぶりー。
ミズヲ　元気い？
ヒメ女　元気い。
ミズヲ　元気なんだあ。
ヒメ女　死んじゃってさあ。
ミズヲ　もっと化けて出て来いよ。
ヒメ女　……そんな気がしてきた。
ミズヲ　死者をお化けなんて呼んで、死者に悪意のある人間は、この世がやましいんだ。死者に恨みを買うような奴らなんだ。
ヒメ女　じゃあおまえは、大好きな人が死んだら、化けて出てくるのを心待ちにする？
ミズヲ　勿論、丑三つ時にローソクつけて墓場で待つ。
ヒメ女　そこまでするの？
ミズヲ　だって会いたいでしょ。
ヒメ女　誰に。
ミズヲ　その人に。
ヒメ女　ミズヲ変ったあ。
ミズヲ　え？

ヒメ女　生きた女にも興味もてるようになったの？
ミズヲ　え？　ああ、ヒメ女様が死人に興味持つようになったくらいは。
ヒメ女　ねえ、ミズヲ。
ミズヲ　はい？
ヒメ女　え？
ミズヲ　なんです。
ヒメ女　いいわ。
ミズヲ　いいって？
ヒメ女　いいの、もう。
ミズヲ　ヒメ女様は、男に組み敷かれたいとか思ったりするんですか。
ヒメ女　そんな、なに言ってるの、おまえ、私が組み敷くわ。
ミズヲ　え？
ヒメ女　そう育てられたの、ヒイバアの手で。弱い兄に代って、私は強い王にならなくてはいけない。いや、弱い王は王ではない。
ミズヲ　葬式屋には、強い葬式屋とか、弱い葬式屋はないな。
ヒメ女　王と葬式屋は全く違う仕事。
ミズヲ　はい。
ヒメ女　おまえが栄える時が私が滅びる時、王と葬式屋は共にこの世にはいられない。
ミズヲ　わかりません、先の事は。
ヒメ女　さっきお前言ったでしょ。未来はお前の味方だって。
ミズヲ　はい。
ヒメ女　そして私の未来が私の敵なの。だから勝てるはずがないの。今度の戦争。
ミズヲ　どういうことです。
ヒメ女　この海岸に押し寄せている敵は未来。だから姿も見えないの。
ミズヲ　何が言いたいんです？
ヒメ女　夢よ。夢を見たの。パンドラの鐘の真下で。私が闘っているのは、ヒメ女という名前をこの歴史から消そうとしている人間たちだったわ。しかも私と同じ時代には生きていない。
ミズヲ　未だ来ぬ未来の人々ということですか。
ヒメ女　そう。
ミズヲ　夢のような話だ。
ヒメ女　千年も二千年も一万年もたって、その人間たちが私を歴史から消そうとしている。
ミズヲ　どうやって？

声　消してもらえませんか。

別空間に拉致監禁されたカナクギ教授がいる。男（古代のハンニバル）に取り調べを受けている。

男　ヒメ女の国？　そんな国、あなたの架空ですよね、教授。
カナクギ　ええ、まあ。
男　あいまいな返事ではなく。
カナクギ　架空でしょ。
男　でしょ？　断言してください。
カナクギ　架空です。
ヒメ女　未来が断言するだけで、この国は架空となり滅びるの。
男　お消し願えますか。
カナクギ　え？
男　そこにあるヒメ女の名前も。
カナクギ　はい。
ヒメ女　それで私も消えてなくなる。
男　そこもだ。
カナクギ　え？
男　そこも消して下さい。
カナクギ　いやここは。
男　そこもだ。
カナクギ　ここはちょっと私のアカデミズム魂がハイとは言わせない。
男　消せ！
カナクギ　ハイ。
男　ヒメ女の名前がある限りは。
カナクギ　ちっ。
男　ちっ？
カナクギ　いや消すけども、なんでかな、なんでそこまでやらせるかな。
ミズヲ　その夢の中の未来では何故、そんなにもヒメ女の名を消そうとするのです。
カナクギ　あなた、このヒメ女がどんな王として生きていたのかも知らないでしょ。
ヒメ女　私の生き様が気にいらないのかしら。
男　どう生きたか？　生き様など問題じゃない。
ミズヲ　どう生きたかなんて葬式屋には、どうでもいい。
ミズヲ
男　｝問題は。

ヒメ女
カナクギ } なに。

男　いかに死んだかだ。

ミズヲ　生きるべきか死ぬべきかそれは問題じゃない。いかに死ぬのか、それが葬式屋の問題だ。それも頗る。

ヒメ女　そうね、そうだわ、きっと、あたしの死に方、これから死んでいく姿が気に入らないの。

男　気に入らないんですよ。

カナクギ　なにが。

男　あなたがこの論文で描かれている、この女王の死に様です。

ミズヲ　その夢の中で、ヒメ女はどんな風に死んでいくんです？

ヒメ女　そこで夢が終っちゃったの。目を覚ましたら、パンドラの鐘の真下よ。

ミズヲ　夢の続きは？

ヒメ女　きっと向こうで見てるわ。

ミズヲとヒメ女、消える。

カナクギ　わたし、この論文にヒメ女の死に様なんか書いてますか？

男　パンドラの鐘の中に見つけたと書いてあるだろう。

カナクギ　見つけた？

男　ヒメ女の骨をだ。

カナクギ　困ったな、ここは私の妄想だ。

男　妄想には骨がない。

カナクギ　はい。

男　消せ。

カナクギ　はい？

男　その件りは、すべて消せ。ページごとだ。（破り捨てる）

カナクギ　あ！

男　（さらに破る。そしてカナクギに渡す）

カナクギ　（論文をめくって読む）「私は○○○が○○を○○の考古学と○○との中に○○○はすっぽりと○○○で濡れて○○を○○で摑み○○にも○○であった」。すっかり論文が骨抜きだ。でも、骨さえなくなれば、自宅に帰ってもよろしいんですよね。フィアンセも待ってますし、では失礼させてもらって、あの、そこ、足どかしてもらえませんか。

男　教授。
カナクギ　はい？
男　あなたは、なにをどこまでご存じなのかな。
カナクギ　どういうことで？
男　これだけのことをお書きになったのだ。文字になっていないコトバがまだあなたの頭の中で燻っているはずだ。
カナクギ　いやもう大丈夫、心配御無用、火は消えた。古代への思いはこの頭の中ですっかり消え申した。
男　同窓会とかいきますか？
カナクギ　え？
男　同窓会です。
カナクギ　よく、ちょくちょく。
男　共学？
カナクギ　ええもう、自由な校風の。
男　すると昔好きだった子なんていうのも。
カナクギ　来る来る。
男　すると忘れていた出来事なんかがふうっと。
カナクギ　蘇ってくる、くる、文化祭の夜に一枚の毛布を二人で腰まで掛けて、その中に手を入れてきたあいつ。
男　その、あいつと再会して。
カナクギ　そう、わかる⁉　また激しく燃えあがって。
男　一度は消えていたはずの思いが。
カナクギ　そうそう。
男　燻っていた、もう大丈夫、そう思っていた火が、頭の中では消えたはずの火が、鎮火したはずの火が、帰っていく消防自動車の後ろ姿を見るや、待ってましたとばかり再燃する。
カナクギ　君はなんか遠回しの金さんだな。言いたいことは、はっきりといいえよ。
男　頭の中で消えた火などあてになるか。いつまた、あなたの想像力に火がついて、ヒメ女が息を吹き返すかもしれない。
カナクギ　論文なら全部お見せしたでしょう。
男　その頭の中を見せろ！　ここに頭の中をひっくり返していけ！　全部空にしてもらわないと困る。あなたが描いたこの王の姿は。
カナクギ　なんです。
男　いいですか、大日本帝国の臣民全てへの挑戦なんだ。もし、あなたの書いたこの王の姿が、国民の周知するところとなれば、あなたは表を一歩、歩けば袋叩きだ、リンチだ、虐殺だぞ。
カナクギ　（論文をしげしげ見つめ）あいつそんなひどい

男　ことを書いていたのか。
カナクギ　それを、そうされないように、私はお手伝いしてさしあげているんだ。
男　はあ……で？
カナクギ　で、じゃない。教授、あなたはどこまで知ってるんだ。ヒメ女の最期の姿を。
男　だからあ。
カナクギ　（胸ぐらをつかんで）つけあがるな貴様、どこまで知ってるんだ！　え!?

カナクギ教授、ボコボコにやられる。

カナクギ　ひ！……（土下座）すいませんでした。この論文は私が書いたものではありません。
男　みんなそう言うんだ。窮地に立たされると、いなかった助手の名なんかを出してきて。
カナクギ　これは実は、助手の名なんかを出してきて。
男　優秀な助手がいて、そいつの論文を盗んだとか、そういう言い訳をした奴はみんな翌朝、東京湾に身元不明で浮かんでる。
カナクギ　いえ、本当です。助手の名はオズというんです。ほら私のフィアンセ、あれは元々、オズのフィアンセなんです。
男　じゃあ、女も盗んだのか。
カナクギ　そう、そうなの。私はひどい男なんです。
男　論文盗まれたうえに女まで盗まれるお人好しで、しかも名前はオズさん、会ってみたいなあどこかの町角で。
カナクギ　いるんだ、オズ！　オズ！　頼む、出てこいオズ！……オズ！……十二階じゃない、オズ！　四分の一だけ鳥が鳴いて、オズ！……分かっていない、さざ波のピッチが違う、オズ！……七十四数えれば分かるだろうオズ！……オズ！　影は三枚、オズ！　オズ！
ヒイバア　なんなのかしら、あの「オズ！」って。

いつのまにか、そこにヒイバアがいる。男はハンニバルに、カナクギ教授は狂王になっている。そこは古代。

ハンニバル　わかったら、俺も狂人だ。
ヒイバア　けれど、今の様子でわかったわ、ハンニバル。
ハンニバル　なにがです？
ヒイバア　この狂った王が、自分を未来の人間だと信じ

ハンニバル　ていること。
ヒイバア　そうですか。
狂　王　決まってるわ。
ヒイバア　オズ！
ハンニバル　もしかしたらオズって。
ヒイバア　なんです。
狂　王　人の名前じゃない？
ハンニバル　オズ……。
ヒイバア　いくら昔、王だったとはいえ、本当にこんなザマの男を、人の前に出すつもりですか。ヒメ女様のあのザマと、この男を比べたら、私達の手に負えるだけ、この男がましでしょう？
ハンニバル　では、また再び、先の王は生きていたと人々に知らせるのですね。
ヒイバア　いいえ、生きていることは誰もが知っている。狂っていることも知っている。皆な知らぬふりを決め込んでいるだけ。人々は怖いのよ、この王家が。どこへ走っていくのかわからぬ、この狂気が。ただ、それを口にするには、王に仕えるものは皆、臆病にできすぎている。
ハンニバル　でもあなたは違う。
ヒイバア　そう、私は七代この国の王に仕えてきたの。この私は、一人の王の為に仕えるのではない。私はこの王国のこの王制の下僕なの。だから……。
ハンニバル　だから？
ヒイバア　（周囲を確認して）王を取り替えることもやむをえない。
ハンニバル　それはつまり。
ヒイバア　はい。
ハンニバル　ヒメ女様の王位を、この男の下に奪い返すのですね。
ヒイバア　私だってヒメ女様はかわいい。いとおしい。私の腹をイタメタ子供だもの。
ハンニバル　え？　ヒメ女様はあなたの。
ヒイバア　今のはちょっと言いすぎ。でも幼い頃からずっと私の乳を呑んで育ったお方です。こんな兄さんよりずっとずっと、気高く他人思いで、明朗快活、クラスのリーダー的存在。
ハンニバル　クラスのリーダー？
ヒイバア　今のもちょっと言いすぎ。ただ、それほどに素晴しかったヒメ女様が……。でも心をホントの鬼にする。ここをホントの国にするため。

そこへヒメ女、入ってくる。
黙る二人、間。

ヒメ女　どうしたのヒイバア、こんな沈黙を私は知らない。
ヒイバア　そうですか。
ヒメ女　ハンニバル、なにかおしゃべり。
ハンニバル　いまは。
ヒメ女　よからぬ相談？
狂王　オズ！（遠眼鏡を覗く）
ヒメ女　また兄さんが。早く閉じ込めて、誰かに見られてしまう。
ヒイバア　もう誰もが知っているのに。
ヒメ女　えっ？
狂王　ああ。
ヒメ女　なあに？
狂王　（一旦、目から遠眼鏡を離す。ヒメ女と目があう）
ヒメ女　兄さん、なにか見えるの？
狂王　ああ。
ヒメ女　何が見えるの？
狂王　ああ。
ヒメ女　何も見えないの？
狂王　ああ。
ヒメ女　今よ！
狂王　今！　じゃない。
ヒメ女　え？
狂王　未来が見えるんだ。
ヒメ女　時々、あたし兄さんは狂った振りをしているだけ、そう思う時がある。
ヒイバア　その通りです。ヒメ女様。
ヒメ女　え？
ヒイバア　この方は狂われていない。この方こそ本当の王なのです。
ヒメ女　何を言ってるの。とうの昔に、兄さんは葬られたんじゃないの。
ヒイバア　いえ、あなたがこの王から王位をお奪いになったのです。
ヒメ女　どういうこと？

兵ら出てくる。

兵士　王位簒奪の罪でヒメ女様を逮捕させていただき

ます。

ヒメ女　馬鹿な真似はやめなさい。これはクーデターなの、どういうこと？　狂ったの、お前たち、狂ったのね。

ハンニバル　そのコトバならそのままお返しいたします。

パンドラの鐘がなる。
取り押さえられるヒメ女。
と、そこに、ピンカートン未亡人が残る。
新聞を読んでいる。

ピンカートン未亡人　タマキ、今朝の新聞を読んだ？

タマキ　大和撫子は新聞なんて卑しいもの、読まないの。

ピンカートン未亡人　アメリカの婦人なら読まなくてはね、ましてカナクギ教授のことが書かれていたら、なおさら。

タマキ　え？　どうかなさったの？　教授が。

ピンカートン未亡人　狂われたそうよ。

タマキ　まあ。

ピンカートン未亡人　ほんの一時でも、一度は愛した男の人が狂うってどんな気持ち？

タマキ　いやだお母様。教授はただのボーイフレンドだったのよ。

ピンカートン未亡人　でも結婚の約束までしたんでしょ。

タマキ　コトバの弾みよ。コトバだけなら、何回結婚してもいいんでしょ。

ピンカートン未亡人　まったく、あなたったらあなたのひいお祖父様にそっくり。

タマキ　そう？　でもわかるわ。馬鹿の蝶々夫人にてこずった時のひいお祖父様の気持ち、いちいち愛してるなんてコトバをうのみにされたらたまらない。

パンドラの鐘の中からオズの声が聞こえてくる。

オズの声　ちょっと、タマキさん。

タマキ　なあに。

オ　ズ　ここに落書きした？

タマキ　え？　見つかっちゃった？

オ　ズ　見つかったって……この世界的な財産になるかもしれないパンドラの鐘に、相合傘なんて書いて……タマキさん！　修学旅行生じゃないんだから。

タマキ　ちぇっ、怒られちゃった。
オズ　怒られちゃったじゃないですよ。お母様からも言ってください。
ピンカートン未亡人　お母様って、あら、あなたたち。
タマキ　そうなの、ねえ、来年の春に。
ピンカートン未亡人　全くタマキったら、結婚の約束は毎年訪れる季節じゃないのよ。
タマキ　でも愛してるんだもの。だからこれ、ただの相合傘じゃないのよ。
オズ　どう違うんです？
タマキ　あたしとオズの。タマキとオズの相合傘なの。
オズ　普通じゃないですか。
タマキ　世界にひとつの相合傘よ。
オズ　まったく、折角、大発見したと思ったのに、落書きだったのか、ヒメ女とミズヲの相合傘まで御丁寧に書いて。
タマキ　え？
オズ　自分のだけにしておいてください。大発見だと思っちゃったじゃないですか。
タマキ　そんなの書いてないわ。
オズ　今、書いたと言ったじゃないですか。
タマキ　違う。ヒメ女とミズヲの相合傘なんて書いていない。
オズ　え⁉
タマキ　タマキとオズのだけ。
オズ　ほんとに？
タマキ　ええ。

血相を変えて、パンドラの鐘の中に戻るオズ。

ピンカートン未亡人　どうなさったの？
オズ　…………。
タマキ　オズ。
オズ　（呆然として出てくる）やっぱりだ。
タマキ　なにが？
オズ　文字だ。
タマキ　え？
オズ　ヒメ女とミズヲの相合傘に見えていたものは、文字だ。
タマキ　文字って……日本語ではないの？
オズ　このパンドラの鐘の中には、古代の文字が記されていたんだ。
タマキ　何が書いてあるの？

オズ　それだよ。それがわかれば、このパンドラの鐘がなんなのかがわかる。

パンドラの鐘の中に素早く入るオズ。

しばし静寂。

鐘の中から出てくるオズ。

オズ　わかったぞ。
タマキ　もう？
オズ　いや、相合傘の意味だけが。
タマキ　ヒメ女とミズヲが恋したってこと？
オズ　いや、ヒメ女とミズヲ二人そろってひとつの傘の下で、裁かれたんだ。
タマキ　裁かれたって？
オズ　王制が王制をひっくり返そうとした。死んだはずの狂った王が、再び王の座につくための裁きだ。
タマキ　どういうこと？
オズ　クーデターがおこったんだ。
タマキ　クーデター？　古代に？
ピンカートン未亡人　じゃあ、今の日本と同じね？
オズ　同じ？
ピンカートン未亡人　鐘の中に潜ってばかりで無理もないわ。東京は大雪だそうよ。
オズ　大雪？
タマキ　よりによってそんな日に、青年将校さんたちが、クーデターをおこしたらしいわ。
オズ　（新聞を読んで）世間ではこんなことが起っていたのか。
タマキ　がんばるわねえ。寒いのに。
オズ　ふん、こんなクーデター、百年もたてば、ちっぽけな感傷に変る。しかし俺が古代に見つけたこのクーデターはそんなものでは終わらないぞ。あれっ？
ピンカートン未亡人　そうなんですのよ。
オズ　（別の記事に目を奪われる）
ピンカートン未亡人　長崎ピンカートン財団発掘事業の怪談。
タマキ　ツタンカーメンと同じ、どういうこと？
オズ　「発掘事業に携わっていたカナクギ教授が発狂」。ほんとですか、お狂いになられたのですか。
タマキ　「この発掘事業では先日、イマイチ助手が自殺」
オズ　イマイチ先輩、亡くなられたんですか……。

タマキ　自殺ということにはなってるけれどねえ。
ピンカートン未亡人　（タマキにあわせて）ねえ。
オ　ズ　ねえって……。
タマキ　「オズ助手も現在行方不明、今や古代人の呪いと現地では恐れられ、発掘事業は頓挫したままとなっている」。オズ、挫けないで。
ピンカートン未亡人　そうよ、研究費用なら私がいるのだし、幸いあなたは行方不明ということになっている。まさか、頓挫したはずの発掘地の鐘の中にすみついているなんて誰も思わない。
タマキ　ファイト、オズ。
オ　ズ　ええ、はい。もう一息です。鐘の中の引っ掻き傷が文字だとわかったんだ。
タマキ　もう簡単なことね。
オ　ズ　この相合傘の下で受けたヒメ女とミズヲの裁きを追っていけば……。
タマキ
ピンカートン未亡人　｝パンドラの鐘の謎はとけるのね。
オ　ズ　はい。何故教授が、発狂に追い込まれ、先輩が自殺を強いられたのか。何を古代に隠そうとしているのか。

パンドラの鐘がなる。
ヒメ女とミズヲを裁く人民裁判の様相を呈している。

ハンニバル　今日まで我々は貝のように口を閉ざしてきた。
ミズヲ　口を閉ざした貝なんて、石で叩きつぶせばいいんだ。
ハンニバル　ほら、そういう男だ、この男は。
ヒイバア　お前はこの男の幼なじみね。
コフィン　ええ。
ミズヲ　コフィン、おまえ、のるな、そいつらの手に。
（暴れる）
ヒイバア　以前から、こんなに凶暴な男だったの。
コフィン　いえ昔は、優しい奴で。
ヒイバア　その頃は、この男を何と呼んでいたの。
コフィン　ミズヲ。
ヒイバア　今は？
コフィン　葬式王。
ミズヲ　それはお前らが勝手に呼んでるんだ。
ハンニバル　王でもないのに葬式王と呼ばせる、そこに見え隠れするのは、この国を手に入れたいという欲望だ。

ミズヲ　今にも腐れ落ちそうな柿の実を誰が欲しがる。

ハンニバル　この国を中傷するのか。

ヒイバア　おまえたちも幼なじみね。

ハンマー
リース　はい。

ヒイバア　海岸で夥しい数の死体をはじめに見つけたのはいつ？

ハンマー　いつと言われても。

ヒイバア　この土地に、あの忌まわしい鐘の音が鳴り始めた頃？

ハンマー　言われてみればそんな気がする。

ヒイバア　死体は？

リース　いつも、わが兵でした。

ヒイバア　敵の姿は？

リース　見ていません。

ヒイバア　見ていない？　一度も？

リース　はい。

ヒイバア　どう思う？　ハンニバル、また今日御臨席の円卓の士、あれだけの数の兵が殺されていながら。

ハンニバル　敵など最初からいなかったのではありませんか。

ヒイバア　え？　敵がいなくて、どうして死体が海岸にあがるの？　幻ではないのよ。

ハンニバル　たとえば、誰かが死体欲しさのあまりに人を殺しつづけていたとすれば、どうです。

ヒイバア　十字架をたてたいあまりに、幼な子が、小鳥や子犬を殺しつづけたように？　そんなことをする者が、この土地にいる、お前はどう思う？

ハンマー　ええ、俺はなんとも。

ヒイバア　もしいるとすれば、誰？

ミズヲ　わかったぞ、お前たちの魂胆が。

ヒイバア　死体が上がれば上がるほど栄えるものは。

コフィン　(ミズヲを上目づかいで見る)

ミズヲ　コフィン、おまえもそう思うのか。だったら、バカだ、おまえら。こいつらはこの戦争のマケイクサをごまかす為に、こんな茶番をしているんだ。

ヒイバア　茶番かしら……畏れながらヒメ女様、前へ。かつて高潔で誰からも愛されていた、いとおしいヒメ女様、前にお進み下さいますか。

ヒメ女　…………。

ヒイバア　私は今まで、あなたをお守り申し上げてきました。けれども私はこの王国を守るというもっと

　　　　大きな任務がございます。
ヒメ女　わかりました。
ヒイバア　嘘偽りなくお答えなさいますか。
ヒメ女　私はいつだって嘘はついていきていない。何も悪いことはしていない。このミズヲだって。
ハンニバル　この男を弁護なさいますか。
ヒメ女　海岸に打ち上げられた死体を葬ってあげることが、弔いの鐘を鳴らすのが悪いこと？
ハンニバル　悪くはございません。が、そればかりにうつつをぬかされ、人を弔うことだけが王の仕事とは思われません。
ヒイバア　ヒメ女様、畏れながら、この男を愛しておられますか。
ヒメ女　…………。
ヒイバア　この国とこの男と、どちらを愛しておられますか。
ミズヲ　何が言いたいんだ、おまえたち。
ヒイバア　ヒメ女様は、ミズヲにそそのかされかつての兄君を王の座より追い出し、王位をその手になさられた。
ミズヲ　バカ言うな、俺がヒメ女様を知る前に、その王なら亡くなられた。
ヒイバア　亡くなられた？
ミズヲ　俺が、俺の手でその棺を運んだ。だから俺が一番よく知っている。
ヒイバア　コフィン、前へ。
コフィン　はい。
ヒイバア　お前もその時棺を運んだわね。
コフィン　ええ、ミズヲと一緒に。
ヒイバア　棺は無事土に埋めたの。
コフィン　いいえ、ひっくりかえりました。
ヒイバア　中から何が。
コフィン　猫の死骸です。
ヒイバア　どういうこと？　コフィン、どう思う？
コフィン　王は、生きているのかもしれません。
ヒイバア　王が生きている？　本当にそんなことがある？　だとしたらなぜミズヲ、お前は死んだというの？　隠すの？
ハンニバル　都合がいいからだ。王家にとって代ろうとしているお前にとって。
ヒイバア　この男が、ヒメ女をかどわかし、ヒメ女に王位をうばわせ、そして今やその王位は、葬式王と名乗るこの男の言いなり。この国は、葬式をするだけの国となりはてました。

ミズヲ　無駄にイクサをして、無駄に負けつづけている
からだ。
ハンニバル　ここに、ヒメ女並びにミズヲを王位簒奪の罪
で告発する。ハンニバルの名の下に。
ミズヲ　王を生きる屍にして、隠しつづけてきたのは、
お前たちだ！　タクランだのは、貴様たちだ！
ヒメ女　ミズヲ！　もういいわ。
ミズヲ　え？

毅然と前へ進み出るヒメ女。

ヒメ女　私です。私が兄を隠しました。
ヒイバア　え？
ヒメ女　兄は、生きています。ヒイバア、ハンニバル、
お前たちも知っての通り。
ヒイバア　畏れながら、初耳でございます。
ヒメ女　いいわ。その奥の間をあけなさい。
ハンニバル　え？
ヒメ女　兄がそこにいるはずです。

奥の間があく。
そこに、狂王（カナクギ教授）がいる。

人々、口々に「生きていらっしゃったんだ」
「王は御存命であられたぞ！」などと口走っ
ている。

ヒメ女　およしなさい！
ヒイバア　え？
ヒメ女　知らぬ振りの茶番は。この国に今、兄が生きて
いたことを知らなかった者はいません。こうし
て、紙筒の遠眼鏡で惚けているこの男が、かつ
ての王だったことを知らぬ者はいません。空気
のように人は見て見ぬ振りをしてきました。こ
の空気を狂気と呼ぶことをおそれて。でもその
空気をお前たちは吸い続けてきた。この王国は、
狂気も敗北も隠し続けることで守られてきた。
けれども、パンドラの鐘の音は、すべてをあか
らさまにする、だからその音色に耳をかさなく
てはいけない。たとえそれが、滅びることを知
らせる音色だとしても、その鐘を聞く勇気をお
持ちなさい。
ヒイバア　ヒメ女様、それは勇気ではありません。勇気の
名をかたった狂気です。
ミズヲ　（人々に）さあ、選ぶのはお前たち。この地の

王として、空気のような狂気か、それとも勇気ある狂気か。

ハンニバル おまえは、この地が滅びるのを待っているだけだ。

ミズヲ ああ、そうだ。葬式王は待っているぞ。ここが滅びることを。その通りだ！　滅びるというのなら滅びるように世界はつくられているんだ。

ハンニバル 後は黙っていても、お前の国が、葬式王の国ができる。それがお前の魂胆だ。

ミズヲ なんとでもいえ。さあ、どうする、お前達！　空気を選ぶか⁉　勇気を選ぶか⁉

その時、例の遠眼鏡をあてたまま前へ進み出る狂王。

コフィン 狂王が空気ではなくなった。

ヒメ女 どうしたの兄さん。

狂　王 ああ。

ヒメ女 何が見えるの？

狂　王 未来だ。

ヒメ女 え？　やっぱりそうね。兄さんは自分が未来に住んでいると信じているのね。

ミズヲ この空気は狂気とも違う。

ヒメ女 その遠眼鏡でどんな未来が見えているの？　その未来がこわいの？　兄さん、その未来を渡して。

狂王がヒメ女に遠眼鏡の紙筒を渡す。

狂　王 オズ……。

オズが、パンドラの鐘の向こうから現れて、狂王はカナクギ教授に変る。

オ　ズ 教授、よくご無事で。

カナクギ オズ君逃げてきた。匿ってくれ。

オ　ズ やはり、狂った振りをしていただけですね。

カナクギ 振りをしてわかった。

オ　ズ 何がです。

カナクギ このパンドラの鐘は二重メッキだ。俺は知ってしまったんだ。悪魔の思いつきを。

オ　ズ 何のことです？　教授。

カナクギ イマイチはアメリカに逃げた。

オズ　死んでないのですか？
カナクギ　お前も危ない。
オズ　どういうことです。
カナクギ　オズ！……。

再び、カナクギ教授は狂王に変る。

ヒメ女　おまえがオズ？　兄さんの捜していたオズね？
ミズヲ　この男も、自分が未来に住んでいると思っている狂人なんですか？
オズ　ヒメ女ですか？
ヒメ女　不思議だわ、この瞳が狂っているなんて。

別空間に、タマキ。

タマキ　どうしたの？　オズ。
オズ　ヒメ女が見える。
タマキ　お母様、お母様！　オズが！　オズの様子が！
オズ　パンドラの鐘の文字が読める。
ヒメ女
タマキ　え？
オズ　すらすら読めるぞ。

ヒメ女
タマキ　では読んでこの鐘の紋様。
ミズヲ　狂気があてになりますか。
ヒメ女　黙って！
オズ　あー、あー。
タマキ　パンドラの鐘の金箔がぼろぼろ剝げていくわ。
オズ　この鐘は二重のメッキで出来ていたんだ。只の王の物語じゃないぞ。王が滅びるだけの物語じゃないんだ。これは、古代のクーデターなんて物語じゃない。
ヒイバア　ハンニバル。雪がやんだわ。
ハンニバル　え？
ヒイバア　もはやこれまでよ。
ハンニバル　これまでとは。
ヒイバア　この物語にクーデターの先はない。（兵士に）武装を解除してすみやかに投降しなさい。今なら間にあいます。この国によかれと思ってもったその剣はこの国に向けられています。
ハンニバル　何を言ってるんだ？
ヒイバア　クーデターは失敗です。お前がその責めをうけなさい。

連行されるハンニバル。

ハンニバル　くそ……！　意気地なしども、とりわけお前だ！

カナクギ　あれ、なんでなんだろう。何かを取り壊した空地に、水道の蛇口だけは生き残ってるよね。

ハンニバル　（狂王に）狂った振りをした男、畏れながらお叱り申し上げます。お謝りなされませ！　皇祖皇宗にお謝りなされませ！

タマキ　クーデターは失敗したのね。だったら何故？　ヒメ女の名前は消えていったの？　ヒメ女の名前が歴史から消されたのは、クーデターが起ったからじゃないの？

オズ　あー、あー。

タマキ　オズ、大丈夫？　オズ！　もう何日も眠ってないもの。もう聞こえてないわね。オズ、あたしお母様から聞いて知ってるの。この日本が、その王の物語にうつつを抜かしているうちに、お母様の国はね、アメリカはね、このパンドラの鐘に記された王の物語のその金箔の下にあるお話を知ろうとしているんですって。それはね、悪魔の思いつきと呼ばれているの。ぞくぞくするわ。このヒメ女の物語のメッキが剝げて、下から見えてくる物語、オズ！　起きて、楽しそう、早くそれを読み解いて！

金箔の下の『ヒメ女の物語』が始まる。

ヒメ女　兄さんの狂気を読み解くのが遅かった。

ミズヲ　え？

ヒメ女　とっくの昔に届いていたのね。

ミズヲ　なにがです。

ヒメ女　未来から届いたこの国への最後通牒。

ミズヲ　未来？　パンドラの鐘の真下で見た夢の続きですか？

ヒメ女　違う。未来それは、敵国の名前。ここにある名前。

ミズヲ　遂に敵が姿を見せるということですか？

ヒメ女　兄さんいつから持っていたの？　この最後通牒。

狂王　オズ！……十二階の。

ヒメ女　兄さんのコトバはこのパンドラの鐘に記されたコトバだったのね。

ミズヲ　敵は何と言ってきたのです。

ヒメ女　もうひとつの太陽を、このパンドラの鐘に向けて投下する。

ミズヲ　もうひとつの太陽？

ヒメ女　未来が最後通牒を送ってきた。ヒメ女の名を消すために。

ミズヲ　何なのです。もうひとつの太陽って？

狂王　オズ！

オズ　タマキさん！　この文字！　ヒメ女とミズヲの相合傘に見えていたものは、彼等の頭上に立ち昇る巨大な雲だ。

タマキ　巨大な雲？　相合傘が？

オズ　これは、なにか、太陽のようなものを頭の上で爆発させる、その方法について描かれています。

タマキ　太陽って、あの、あれ？

オズ　頭の上のあの太陽です。

ヒメ女　敵がそれを落とすと言っている。

未来と呼ばれた敵国のシルエット。
未来国の王（ピンカートン未亡人）、未来国の参謀（イマイチ）。

古代の未来の王　どうやって、落とすの？

古代の未来の参謀　空を使います。

古代の未来の王　空を？

古代の未来の参謀　太陽がヒメ女達の土地の真上に来たときに太陽を爆発させます。太陽が奴らの頭の上で、一瞬光り、そして風が吹き、そこは赤く焼けただれます。

古代の未来の王　そんなことができるの？

古代の未来の参謀　バビロニアに伝わる天文学とチャイナの神仙術、アステカの科学を融合させれば、それは可能だと、パンドラの鐘の内部にそう記されていたのをかつて解読いたしました。

古代の未来の王　では、ヒメ女の国もそのもうひとつの太陽を爆発させる方法に気付くかもしれない。

古代の未来の参謀　ええ、パンドラの鐘の秘密に気付けば。

古代の未来の王　そうなれば、こちらの国が滅びるわね。

古代の未来の参謀　だから一刻も早く投下すべきです。

古代の未来の王　いつがいい？

古代の未来の参謀　太陽が最も熱くなる八月がよろしいかと思います。

古代の未来の王　正確に落とせるの？

古代の未来の参謀　雲間からあの港が見えさえすれば。

古代の未来の王　一瞬であの海賊共の港が赤い景色にかわるのね。

古代の未来の参謀　夥しい死体の山となりましょう。
古代の未来の王　悪魔の思いつきね。
古代の未来の参謀　だが、そうしなければ、この戦争は終りません。悪魔はあいつらです。
古代の未来の王　まずは、そのことをあいつらに伝えましょう。最後通牒を。落とすのはそれからでも遅くない。悪魔達にもお慈悲を。

ヒメ女の国に戻る。

ミズヲ　未来がここへもうひとつの太陽を投下しようとしているのか。
ヒメ女　ヒイバア。
ヒイバア　え？
ヒメ女　お前は知っていたの、この最後通牒。
ヒイバア　うすうすとは。
ヒメ女　わたしにどうしろと？
ヒイバア　後は、王と呼ばれるものだけが知っていること、何をなすべきか滅びゆく前の日に。
ヒメ女　ヒイバア。
ヒイバア　え？
ヒメ女　さがって。

リース　この頭の上で、太陽が爆発する。
ハンマー　聞いたかコフィン。
コフィン　逃げろ、逃げろ！　この地から逃げろ！
ハンマー　どこへ逃げる、コフィン。
コフィン　わからない、けれども離れろ、できるだけ遠くへ、ここは見捨てろ！

パンドラの鐘、鳴り響くなか、人々、この地を捨てて、逃げ惑う。
ヒメ女とミズヲ、滅びゆく景色を目のあたりにしながら。

ヒメ女　ミズヲ。
ミズヲ　え？
ヒメ女　お前もここから逃げ出していいのよ。
ミズヲ　何故です。
ヒメ女　お前は王ではない。葬式屋だもの。
ミズヲ　遅かれ早かれ、俺の頭の上でもうひとつの太陽は爆発するんだ。
ヒメ女　こんなにも美しい音色にそんなにも恐ろしい人間の思いつきが宿っていたなんて。
ミズヲ　そうかそうか、そうだったんだ。

ヒメ女　どうしたの？
ミズヲ　俺のはじめての記憶、赤い景色、あれは初めての記憶なんかじゃない。最後の景色だ。
ヒメ女　なに言ってるの？
ミズヲ　このパンドラの鐘の真下で見る未来だ。その日、俺の頭の上で、もうひとつの太陽が爆発するんだ。思い出したぞ。未来のその日を。八月のとある一日を。俺の頭上でおこる、真っ白い光を。その直後に目に見えるすべてが、焼けたセルロイドのように、真っ赤に揺れていくのを。「水をくれ、水をくれ」。はじめて俺が覚えるコトバだ。赤く焼けたすべての人間が木が建物が風景が、俺のことをそう呼ぶ。「水をくれ、水を、水を」。それが俺の名前になる。誰もが、俺をそう呼ぶ。「ミズヲ！　ミズヲ！」。俺は、そうして死に絶えた。この世のすべてのものを土の中へ帰してやろう。そう思ったんだ。そして俺は、この古代へ還ってきた。だのにヒメ女。
ヒメ女　なあに。
ミズヲ　ここでもまた俺はあの景色を見ることになるのか。
ヒメ女　それを見ないで済む方法がひとつある。ミズヲ。
ミズヲ　え？
ヒメ女　この地上の景色とひきかえに、私をひきかえにすること。
ミズヲ　どういうことですか。
ヒメ女　私を土に埋める。
ミズヲ　埋める？
ヒメ女　お前が。
ミズヲ　え？
ヒメ女　私は、王の仕事をする。お前は葬式屋の仕事をしなさい。
ミズヲ　え？
ヒメ女　王は埋めることをおそれてはいけない、そして埋められることをおそれてはいけない。埋められるのが、最後の王の仕事だわ。私が死んだと聞けば、私の名がここで消えれば、ヒメ女の国に未来は、きっともうひとつの太陽を投下したりしない。だから、埋めてさしあげて、私を。
ミズヲ　できません。
ヒメ女　何故。
ミズヲ　葬式屋は人殺しではない。死んだあなたを埋めることはできても、生きているあなたを埋めるのは、俺の仕事じゃない。

ヒメ女　ねえ、ミズヲ。だったら、こうしましょう。
ミズヲ　え？
ヒメ女　私は、このパンドラの鐘の真下に立つわ。
ミズヲ　パンドラの鐘の真下に。
ヒメ女　そこは、まるで、もうひとつの太陽の真下よ。
そして、おまえが、鐘を吊しているその杭の釘を一本お抜き。釘一本でいいの。
ミズヲ　鐘が落ちていきますよ。ヒメ女の頭の上に。
ヒメ女　大丈夫、私は死なない。私はパンドラの鐘の中で生きていけるわ。お前が私を殺すわけじゃない。鐘の外から、お前は、私の声だって聞こえる。そうね、きっとこの鐘の中は、真っ暗で寂しいから、少しおしゃべりをして。そのうちに、私の声がだんだんゆっくりとなって、声がとぎれていく。お前が、どんなに呼びかけても私の声が返ってこなくなる。そうしたら、お前の仕事。パンドラの鐘を土の中に戻すの。大きな穴を掘って、この鐘を埋めるの。深く深く埋めるのよ。私と一緒に、もうひとつの太陽を爆発させる術も息たえる。ミズヲ、難しいことじゃない。これは、仕事、埋めるのがお前の仕事。そして埋められるのが、滅びる前の日の王のさいごの仕事よ。これができないものは、葬式王なんて名乗ってはいけない。それができないものは、滅びる前の日に女王などと呼ばせてはいけない。
ミズヲ　女王さま。
ヒメ女　え？
ミズヲ　さいごのお仕事です！

ミズヲ、パンドラの鐘を吊した杭の釘を一本抜き、綱を切る。
ゆっくりと巨大な鐘が落ちてくる。
その鐘は、
一九四一年十二月八日、長崎港に停泊する一艘の船。
出港しようとしている船。
そこに、

タマキ　オズ、本当にいいの？
オ　ズ　はい。
タマキ　戦争がはじまるのよ、この国とお母様の国と。
オ　ズ　わかっています。
タマキ　一緒にアメリカへ行きましょう。

オズ　タマキさん、僕は、日本を離れるわけにはいかない。
タマキ　そうね。
オズ　はい。
タマキ　あなたは、絶対にそう言うと思っていた。
オズ　僕は、あなたが帰ってくるのを待ちます。この戦争が終わったら、また長崎で逢いましょう。天主堂の前に流れる浦上川の畔で必ず。それまで僕は、ここを一日たりとも離れません。船が長崎の港に着くたびに待ちます。ある晴れた日に、あなたが帰ってくるのを。

ピンカートン未亡人、でてくる。

ピンカートン未亡人　早く、この鐘を甲板に。
オズ　え？　それをアメリカに？　待って下さい。
ピンカートン未亡人　もう研究はお済みよね。
オズ　でも。
ピンカートン未亡人　だってピンカートン財団のものでしょう。
オズ　そうですが……。
ピンカートン未亡人　何かあるの、この鐘に。
オズ　いえ……（タマキに）まさかとは思いますが。
タマキ　なあに？
オズ　アメリカは力のある国だ。この古代の知恵を借りて、もうひとつの太陽を爆発させたりしませんよね。
タマキ　しないわ。それに、そのことを知っているのは、あたしたち二人だけよ。大事に、大事に、しまっておきましょう。何もおこりませぬように、これを守るだけ。だいいち。
オズ　なんです。
タマキ　日本には王がいるわ。
オズ　え？
タマキ　あたし達だけは知ってるじゃない、ヒメ女とミズヲの物語。もしアメリカが、もうひとつの太陽を爆発させようとしたって、王が守ってくれる。滅びようとする日のあのヒメ女のように、ヒメ女が、この土地を救ったように、王ならば、必ずその地が滅びる前に、きっと、わが身を埋めるでしょう。

船にのりこむタマキ、甲板の上から。

ピンカートン未亡人　おまえ、いいの、オズさんは。
タマキ　いやだ、お母様、どこにでもいる只のボーイフレンドよ。
ピンカートン未亡人　ひいお祖父様の血ね。
タマキ　そうよ。長崎に滞在している間だけ見た夢よ、蝶々夫人がピンカートンを恨んじゃいけない。だって自分が悪いんじゃない。待つなんてバカ。まして死ぬなんて、もっとバカよ。

船、出港する。
パンドラの鐘が、古代の光の中に浮かび上がってくる。そこに寄り添うように、

ミズヲ　ヒメ女……ヒメ女……。
ヒメ女　（鐘の中から）大丈夫……まだ……きこえるわ。
ミズヲ　覚えてますか。未来は俺の味方だ。いつか俺がそう言ったことを。
ヒメ女　ええ。
ミズヲ　どんなに意気揚々と、イクサにむけて船出した栄えし船も、いつかは必ずひっくりかえる。戦いをつづける限り必ず滅びる。何故だと思います。
ヒメ女　何故？
ミズヲ　人はいつも未来を相手にしか戦争できない。戦争をはじめた日、誰もその事に気付かない。そして人は未来に、決して勝てない。ヒメ女……。
ヒメ女　…………。
ミズヲ　ヒメ女！　化けて出て来い。
ヒメ女　…………。
ミズヲ　賭けをしましょう。あなたの服に触れず、その乳房に触れた日のように、いつか未来が、この鐘に触れずに、あなたの魂に触れることができるかどうか。滅びる前の日に、この地を救った古代の心が、ふわふわと立ちのぼる煙のように、いつの日か遠い日にむけて、届いていくのか。ヒメ女、古代の心は、どちらに賭けます？　俺は、届くに賭けますよ。

パンドラの鐘の音が届く。

わざわざ捜しに出かけたことも

ものをつくる人間として、原風景がないことが、長い間コンプレックスであった。

こだわりの景色とでもいえばいいのだろうか、戦後の焼け野原を知っている世代というのは、なんだかんだ言いながら、それが自慢であったりする。

僕の若い頃には、ずいぶんとソレを言われた。

「君たちには、戦後の焼け野原のような原風景がないからな」

そりゃ、ちょいと悪うござんしたね、という気分に無理矢理させられた。

しかし考えてみれば、別にそいつらは努力してその原風景を獲得したわけでもない。たまたま、その時代に生きて、運よくというか悪くというか、そんな景色にでくわしたわけで、鼻ふくらませて威張るようなことではない。

だのに、何故か、「原風景か、ちっ！」と悔しがっている自分がいた。

わざわざ捜しにでかけたこともある。

30歳の冬のことだ。実は僕は、長崎の島に生まれて、4歳で東京へ出てきて、それから、生まれた場所へ帰ったことがなかった。

そこは、絶海の孤島のような景色で、生まれた家は、島の一番高いところにあって、外へでると、茫洋たる冬の海が、眼下四方に広がる。なかなかどうして自慢できる景色であった。こんなにも美しくて、怖い風景を、4歳になるまで毎日無意識に見ていたのだ。

ほらね、と言う気になった。なにが、ほらねなんだかわからないけれど、原風景のない人間なんていないのだ。

しかも、それは、ひとつであったりもしない。人間が生きれば生きるほど、原風景は積み重なり、下へ下へと埋もれていった原風景は忘れ去られ、また時に、それがうねるように、溢れ出現したりする。

そして、おもしろいことに、敗戦直後を生きた人々が、焼け野原という共通の原風景を持つように、ある同時期を生きた人々は、知らず共通の原風景を持っている。

ワレワレの原風景に共通の特徴があるとすれば、それは映像、画像として目にとびこんできたもの、たとえばアメリカ人にとってのケネディ暗殺の瞬間のように、誰もその場に実際居合わせたわけではないのに、まるで、その場にいた気になっている、そんな新種の原風景が生まれている。疑似体験的な原風景、バーチャル原風景が生まれ始めている。

今回の芝居は、僕の中に30年ほど前に、焼きついたひとつのバーチャル原風景からはじまっている。

その当時を知っている人は、きっとその風景を見て「あっ!」と思う。

だが、その当時を知らない若い人も、もしかすれば、デジャビュを感じるかもしれない。

これは、今なお私の頭の中にのこる強烈で不可解で謎のままの一枚の風景画だ。

(二〇〇〇年「カノン」公演パンフレットより)

カノン

登場人物

太郎
沙金
天麩羅判官
次郎
猫
刀野平六
猪熊の婆
海老の助
十郎坊主
侍／烏賊蔵　他
蛸吉／穴子郎　他
侍／八海山
女／お通し　他
女／保険のおばさん
猪熊の爺

舞台には、大小無数のキャンバスに描かれた絵が、混沌と散乱している。
栄えていたモノが、破壊され崩れ朽ちた姿である。
そこは、無数の欲望が眠る、真夜中の都、その羅生門。
そこへ、さながら蝙蝠の羽音のように互いに呼びつ答えつして、或いは一人、或いは三人、或いは五人、或いは八人、怪しげに集ってくる。
盗賊の一群である。勢揃いしたところで。

太　郎　月はまだ上らぬ亥の上刻、覚つかぬ星明かりに透かしてみれば、まず真っ先に、恐れを知らぬ我こそは太郎。
刀野平六　太刀を佩《は》いたる刀野平六。
十郎坊主　鉾先キラリと閃かせ十郎坊主。
猪熊の爺　斧を執りたる猪熊の爺。
猪熊の婆　少し離れて戟《ほこ》持つは猪熊の婆。
次　郎　矢を背に負いしは太郎が弟、次郎。
太　郎　だがわれらに囲まれあでやかに、黒水干に太刀を佩き、ヤナグイを背に弓杖《ゆんづえ》ついて、沙金お前は、一同見渡し薔薇の唇を開いた、あの忘れ花の夜。

沙金と呼ばれた女がその盗賊の一群の中に浮かぶ。

沙　金　いいかい。今夜の仕事は天麩羅判官の屋敷、これで全てを決める。皆そのつもりでいておくれ。父さん母さんは、太郎と一緒に裏から、後は私と一緒に表から入ってもらうよ。狙うはアレ、あれは太郎、あなたに頼んでおく。どんなことがあっても、手に入れて。よくって。
猪熊の婆　しっ！　誰だい。

見れば、おなかの大きな女ひとり、沙金に近づいてくる。

刀野平六　なんだ、猫か。
十郎坊主　沙金の猫だ。
お腹の大きな猫　猫に主人なんていないよ。

沙　金　（猫に）いい子だね。でもお前はつれていけない。お腹に子供もいるし、ここで待っていておくれ。ひとときかふたときで、皆帰ってくるからね。
太　郎　されば行こう！
一　同　おー。
太　郎　抜かるまいぞ、（刀に）わが太刀、多襄丸！

盗賊たち、二手に分かれ「天麩羅判官」の屋敷へ攻め入る。
と、一斉に、弓を射かけられる。
瞬く間に盗賊の一群はちりぢりとなる。
矢を射かけられ、そこに倒れ伏す者、逃げる者、痛手を負う者、それでも闘う者。

猪熊の爺　ひー、ひー。
太　郎　どういうわけだ、猪熊の爺。
猪熊の爺　わからねえ。
太　郎　騙し討ちか？
猪熊の爺　（矢の嵐）ひー！　こんな時刻に待ち伏せされるはずがない。
太　郎　誰かが密告したんだ。
猪熊の爺　密告？　誰が？
太　郎　仲間の誰かだ。
猪熊の爺　だまし討ちだ！　だまし討ちだあ！

太郎と猪熊の爺、別方向へ。
と、猪熊の爺は、太刀を抜きつれた侍達のただなかへ。

猪熊の爺　逸るまいぞ、わしはこの屋敷の家人じゃ、危ねえ危ねえ間違えるところだったぞ、おー危ねえ。
侍　1　嘘をつけ、おのれにたばかれるアホと思うか。
猪熊の爺　（逃げ場を捜して辺りをしきりに見回るが、逃げ場はない）嘘をついたがどうしたあああ！　さあこい、ひー！

爺、袈裟懸けに斬られ、たおれる。

猪熊の爺　ひー、えぐられた！　肉が、俺の肉があ！　くわせおった！

そこへ、猪熊の婆が勢いよく飛び出てくる。

猪熊の婆　お爺！

爺を庇う婆、だが一太刀浴びる。
とたん、表門へと変わる。

沙　金　裏門はどう？
刀野平六　あっちは、みんな引き上げます。
十郎坊主　肝腎の太郎が、門の中で奴らに囲まれちまって。
沙　金　囲まれてどうしたの？
刀野平六　何がなんだか、なんでこんな事になってるのか。
十郎坊主　お爺やお婆も、手を負ったようで、どうします御頭。
刀野平六　おかしら！
沙　金　私たちも引き上げましょう。

と、激しい弓の雨。

刀野平六　御頭に怪我をさすな。前へ出ろ、前へ！
十郎坊主　おりゃあ！　うがあ！（矢が刺さる）
刀野平六　十郎が！　十郎坊主！
十郎坊主　もげたあ！　もげたあ！　足が！　いてえ！
次　郎　（腰の太刀を抜き払う）くそっ！
刀野平六　おぬしは、御頭に付き添え！　十郎坊主は俺が看取る。ふひゃあ！
十郎坊主　神様、お母ちゃん、死にたくねえよお！

平六が、瀕死の十郎坊主に手を差し出した時、更に激しい弓の雨。
十郎坊主の全身に突き刺さる。
盗賊達全てがスローモーションでそこに、くずおれていく。

同時に、一枚の巨大な絵画が地面から立ち上がる。
それは、ドラクロアの『民衆を引き連れた自由の女神』。
その絵を背景に太郎現れる。

太　郎　誰だ？　誰が俺達を売ったんだ！
猫　誰が盗賊を売ったのか。私は知っている。これは、そばで見ていた猫だけが知っている話。だって、人間はやたらそばにいる猫に秘密を話す。
太　郎　お前にだけ教えてやる。
猫　ほらきた。

太郎　俺に何があったのか。見てきたもの。今は、こうして盗賊どもの先頭に立って、この天麩羅判官の屋敷を襲ってる。だが昔のこいつは、この屋敷の牢の番人。

猫　古《いにしえ》は牛車《ぎっしゃ》の行き交いのしげかった路も、今はいたずらに薊《あざみ》の花がさびしく日溜まりに咲いている、都も古の都でなければ、自分も古の自分ではない。

太郎　華やいだ昔の都大路の喧噪に変わっていく。

猫　そう、昔のお前は、この洛中の大路がどんなに賑わおうとも頓着せず、この屋敷でこつこつ働き、わずかばかりの出世を願う小舎人。あたしはそこに住みつく猫。それが、この物語の始まり、始まり。

都の喧噪の絶頂、一人の男があまたの女に抱えられるようにして、その場へ倒れ込む。その男が天麩羅判官。

猫もその女たちの中に紛れてしまう。

そこは、天麩羅判官の屋敷、壁に掛かった無数の絵画に囲まれた部屋。

天麩羅判官　よしこっちだ、こっちだ。

海老の助　旦那様、その女達は?

天麩羅判官　見ればわかるだろう。

海老の助　え? 見たとおりの? ファッキン、ビッチ!

女　1　感じ悪いあんた。

女　2　だれなのこいつ。

天麩羅判官　見ればわかるだろう。

女　2　えー、見たとおりでいいの? うっそう。

天麩羅判官　まあまあまあ。

女　3　(ピカソの絵を見て) 見てこれへたっぴー。

女　1　目を一個描き忘れてるよ。

天麩羅判官　直す?

女　1　やってあげるよ、美術部だったから。(とピカソの絵を描き直してしまう)

海老の助　ファッキン、シット! お前達。消えモノにする気か。

天麩羅判官　これがライブの醍醐味だあ!

海老の助　(女達に) 一度だけ、警告をしておいてやる。

女　２　オンリーワンス！　お前達が消えモノになりたくなかったら帰れ！　旦那様が、酔っぱらっている間に。
海老の助　へーん！　明日はあたい、この人と。
女　２　祝言をあげるんだろう。
海老の助　なんで知ってんの？
女　３　出会って三分でマリーミーだろ。
天麩羅判官　あたしも、道ばたで結婚の約束したんだ。
女　１　(同時に) だー。
道ばたじゃだめよ、あたしなんか耳元で約束したんだ、ねー！
天麩羅判官　(同時に) ねー。
女　３　だーなの？　ねーなの？
天麩羅判官　みいんな、いい子。だって、ただでやらせてくれる。だからお金あげちゃった。
海老の助　それは援助交際です。
天麩羅判官　お金をあげてからやったんじゃない。ただでやってから、お金をあげたくなったんだ。ねー。
女　達　(同時に) ねー。
海老の助　お前達路地裏の人間は、この世で一番の役立たずだ。
女　２　えー、あんたより？
天麩羅判官　まあまあまあ、この世で本当に役に立たないものは、これ！　男の乳首。誰が吸うでもない。乳もでない。胸の目印としても地味。
女　達　いいぞ！
海老の助　はいはい。
天麩羅判官　「はい」は、ひとつ！　でも、男の乳首は二つ。役に立たないものが、二つもあるこの胸に。役に立たないんだよ、なのにふたあつ！　やがてふくらむわけでもねえのに (ぶつぶついいながら) ……。

と、天麩羅判官はそこに寝入ってしまう。
添い寝しようと女達。

海老の助　旦那様はお前らの夢見るベッドじゃない。
女　１　あたしは祝言あげるって一筆書いてもらってるんだ。
女　２　あたしも。
女　３　明日まで待つよ。この紙を抱いて、いい夢見るんだ。
海老の助　明日を待つまでもない。お前の夢はすぐ覚める。

女1　なにいってんだい！

海老の助　旦那様は眠るのも早いが醒めるのもベリークイック。目覚めたときが、お前たちの夢の醒めるとき。

　天麩羅判官、ガバッと起きあがる。
　そして、辺りを見回す。

天麩羅判官　なんだこの醜態は。

海老の助　は。

天麩羅判官　は、ではないぞ。わしの留守の間に……あ、誰の仕業だ、わしの絵を。わしの富と繁栄のシンボル、壁一面のお宝鑑定団を……え？　なんだこの肉が余剰な女は。

海老の助　見たとおりです。

天麩羅判官　え？　見たとおりでいいのか。ファッキン、ビッチ！

女1　なにいってんの？

天麩羅判官　触るな！　ビッチ！　ユースレス、ホームレス。

女2　触ってたのは、そっちだよ。

天麩羅判官　太郎、太郎！

　太郎、進み出る。

天麩羅判官　相変わらずの北方領土顔だ。

太郎　ありがとうございます。

猫　この男はひと眠りで人が変わり（言いながら天麩羅判官の膝に乗る）太郎はこれから十年かけて変わっていく。

天麩羅判官　うわあ！　猫だ。大丈夫か、化けてないか、こいつ化けてるだろ。

海老の助　どうみても、普通のア、キャットですね。

天麩羅判官　油断するな海老の助、猫は化ける。必ず化ける。

女3　どうしちゃったの、あんなに陽気だったのに。

天麩羅判官　その男を、俺はもう知らない。

海老の助　「酒さえ飲まなければいい人」ってのは田舎でお前らの結婚を待っている親父。だが「酒さえ飲めばいい人」というのがうちの旦那様だ。

天麩羅判官　でも、この性格が大好きだ。一人で二度の人生を生きられる。この都を汚すお前らを近くに呼ぶのは、酒を飲んだ俺。そいつらを牢屋にたたき込むのは、酒から醒めた俺。

女　2　牢屋？

海老の助　旦那様の職業に、これほどコンビニな性格もございません。

女　3　何の仕事さ？

海老の助　判官、すなわち警察庁長官であり最高裁判所長官。

天麩羅判官　公共物破壊並びに売春禁止法違反。

女　1　この誓約書をごらん、あんたの字だよ。

天麩羅判官　俺の字にそっくりだ。加えて公文書偽造罪。

海老の助　太郎、女達を牢に入れろ！

女　2　逃げろ！

その隙も与えられず、牢に入れられる。

「外へ出せ」とばかりに犇《ひし》めきあう。

猫も巻き添えを食う。

猫　一緒にするな！　あたしは人畜無害の猫だよ。

牢の奥から声　がたがた騒ぐんじゃないよ！

猫　それがこの女との初めての出会い、女は盗みのかどで既に半年、牢に入っていた。

声の主は沙金、猫のそばによって助けてやる。

沙金　猫に罪はないだろう。

猫　あたしは、ちょっとこの女のファンになった。

沙金　罪があるのは安く身を売る女だよ。

女　1　何か言ったかい？

沙金　(猫に) あたしはもうここで半年も不自由、お前の自由を分けて、オネガイ、それでいい？　え？

猫　お前の名前、オネガイ。

沙金　それ名前？　あたしの？

猫　オネガイ。

沙金　なにそれ、変、勝手だよ、猫より自分勝手。

猫　猫が騒いでるよ。気に入らないんじゃない？

女　1　息をする肉まん。

沙金　え？

女　1　それがお前の名前。

沙金　ぶっ殺されたいのかい！

女　1　大喧嘩。沙金は相手の女を半殺しの目にあわせる。

海老の助　シャット、アップ！　静粛に！　鞭声粛々！　宿便、宿便！　しゅうくうべえん!!

女　2　なにいってんの、あいつ。

海老の助　誰だ、ここを真夏のリオデジャネイロにしたのは。

沙　金　行ったこともないくせに。

海老の助　ほうお前か、サプライズ。（しげしげと見つめる）

沙　金　あんた、見たとおりの男でしょ。

海老の助　どんな？

沙　金　三言でお里が知れて、三日暮らせば一生が見えちまう退屈な男。

海老の助　この女！

猫　猫のヒゲにぴん！　この女はすべてを仕掛けたんだ、独房にはいるため。

海老の助　オンリーユー！　独房だ！

猫　独房の方が逃げやすい。

独房に入れられる沙金。

かくて沙金と牢番の太郎の場面になる。

我関せずその前で平然と静かに食事をしている太郎。

沙　金　（猫に話しかける）頼りはお前だけになっちゃったよ。

猫　あたしに話してないことはすぐに分かった。

沙　金　（猫に）お前にだけ、話してるのにねえ。（ちらと太郎を見る）

太　郎　…………。

猫　（牢を抜け、太郎の膝に座る）

沙　金　（猫に）いいなあオネガイは、牢をするりと逃げ出せて。（髪に挿したアカシアの花を、ダーツのように太郎に投げながら）

太　郎　…………。

沙　金　（また花をぶつける）でたいなあ。

太　郎　（花が当たる）うっ。

沙　金　ゴメンね。猫にぶつけてたのよ。痛かった？

太　郎　いたくない。

沙　金　あたしも。

太　郎　え？

沙　金　いたくない、こんなところに。ねえ、いつまで入ってるの？

太郎　（振り向くこともなく）今度の判官様は厳しいお方、無期懲役だろう。
沙金　（聞こえぬ振りして）もしあと三年なんて事になったらどうしよう。おばあちゃんになっちゃうよ。
太郎　無期だ。三年で済むなら御の字だ。
沙金　女の三年蔑ろにすると、怨念に変わるよ。
太郎　三年は怨念じゃない。千九十五日だ。
沙金　（花をぶつけて）うわあ、A型？
太郎　閏年が入れば、千九十六日。
沙金　あんた、南の出じゃなか？
太郎　え？
沙金　南のごたる顔しとるもん。
太郎　わかると。
沙金　あたしも南たい。
太郎　へー、そげんね。なんで都にでてきんさったと。
沙金　語学学校に通おうと思ったとよ。
太郎　でも盗みばしたとやろ、しこたま。
沙金　しとらん。あたし、大きな貿易の会社ば、やっとったとよ。
太郎　都でね。
沙金　いっぱい、従業員のおると。今でもあたしば、まっとっとよ。こんなところにおる場合じゃなか。あたしは、御頭ばい。
太郎　貿易会社の御頭？
沙金　おかしか？　あ、悪かね、草履のもげたけん拾ってくれんね。

太郎が拾おうとした、その鼻先に沙金の艶めかしい素足、絡みつく。
同時に遠くから馬の足音が聞こえてくる。

太郎　なんばすっとね。
沙金　（牢越しに太郎に触れて、その耳元に）あたしがお前の胸ば突くから芝居ばしてくれん？　同郷のよしみで。もんどりうって、うまか具合に、牢の鍵ばこちらに投げてくれん？
太郎　できん、そげんことは。
沙金　簡単にできようが。
太郎　俺は芝居の下手かけん。
沙金　知っとう。
太郎　え？
沙金　あたしの逃げるのに手ば貸すとじゃなか。たまたまたい。たまたま、こっちに鍵が飛ぶだけけたい。

太　郎　いや、でも……。

沙　金　よかね！

太　郎　今かい⁉

沙　金　（胸を突く）

太　郎　うわあー。

咄嗟のことで、太郎は懸命に芝居をしようとするが、実に下手である。
しかし、その隙に、沙金は鍵を拾って、錠を開けて逃げる。
馬の足音の正体、それは沙金の盗賊団。牢を出た沙金は颯爽とその馬に乗り、アカシアの花を太郎に投げつけ、去っていく。

刀野平六　御頭、ご無事で。

猪熊の婆　お前を捕まえるとは、今度の判官は手強いね。

沙　金　かあさん、心配した？

猪熊の婆　心配なんてしやしない。お前はいつでも一人で出てくる。あたしの腹から出てきた時だって、誰の助けも借りずにさ。

一　同　はいやー！

風塵散らし、去っていく盗賊たち。
その姿を見送る海老の助。

海老の助　といったわけで、わたしは、その一部始終を見ておりました。

天麩羅判官　太郎、前へ出ろ。

太　郎　いえ、胸を不意に突かれたんです。

海老の助　わざわざ女と方言で喋り、あれは暗号、示し合わせて逃げる算段。

太　郎　本当に躓いたんです。猫も見てました。

猫　確かに。でもそれは人生に躓いた瞬間。

天麩羅判官　躓きを再現しろ。

躓きの再現。

海老の助　あの不自然な鍵を投げる芝居。

天麩羅判官　うん下手だ。お前、役者じゃなくて良かったな。

海老の助　風塵散らし去り行くきゃつらの後ろ姿を見てぴんときました。きゃつらこそ。

天麩羅判官　なんだ。

海老の助　キャッツら。
天麩羅判官　うん？
海老の助　《猫の瞳》です。
天麩羅判官　《猫の瞳》!!
海老の助　はい。
天麩羅判官　あの脅迫状をこの屋敷に送りつけてきたキャッツらだというのだな。
海老の助　ええ「夜毎都に化け猫が現れるその季節を楽しみに待て。《猫の瞳》」。
猫　今話題にのぼった化け猫が、まさか私だとは、その頃私は知らなかった。私は化け猫なんだけれど、忘れっぽい化け猫で、何故化けてでてこなくちゃいけないのかを、すっかり忘れていた。遠い昔を。それを思い出せない限り、私は化けてでられない。（天麩羅判官の膝に）
天麩羅判官　しっ！　あっちへ行け！
猫　だから忘れっぽい化け猫は、人の目にはただの猫に見える。
天麩羅判官　本当に化けて出てくるのか。
《猫の瞳》……なんだろう、このイヤな感じ。
海老の助　あの女も、もう少しで化けの皮が剝がれそうだったんですが、太郎のバカが。
天麩羅判官　太郎を牢に入れろ。逃がした女の代わりだ。
太　郎　どのくらい。
天麩羅判官　自分の愚かさに気付くまで。
太　郎　つまり？
天麩羅判官　永遠かな。

太郎と猫だけがそこに残る。

太　郎　なんで、あの女の代わりに俺がこんなことになっちまったんだ？　しかも永遠に？
猫　それから、来る日も来る日もこいつの愚痴は続いた。
太　郎　中学を出てすぐにここに来て勤続十二年、俺が欲していたのは、エルトン・ジョンの歌にある赤い車と小さな窓の白い家とあなた。欲張りというなら、あなたは要らない。
猫　男の愚痴を毎日毎日聞くのは拷問だ。
太　郎　俺の幸せは短距離ランナー、二時間先に楽しみがあれば、生きていられる。そんな男なのに。
猫　はいはい。
太　郎　あの女だ！　どうせ今時どこかで、泥棒している。そんな女の身代わりに何故俺が！

猫が、その口に、沙金が投げたアカシアの花を銜えて太郎の所へ。そしてあの時の沙金のように、艶めかしい素足を太郎の前にみせる。

太　郎　くそ！　狂ってる。猫の足があの女の足に見える。きっと今頃盗みを終えて、誰かの鼻先にあられもなく。

猫　逢えない時間が愛を育てる恋の始まり。

牢番の烏賊蔵　おい！　面会人だ。

太　郎　え？

烏賊蔵　お前の親戚一同だと言ってる。

太　郎　一同って、俺には血のつながるのは、弟しか……。

どやどやっと、その自称親戚たちが入ってくる。いかがわしく変装をしている。

猪熊の婆　太郎！　太郎！

太　郎　え？　誰だ、おまえら。

猪熊の婆　しっ！　黙るんだよ。

猪熊の爺　俺だよ、おまえのパパだ。パパ。なんでこんなことに。

太　郎　親父ならもう死んだ。

猪熊の爺　沙金の使いだ。

太　郎　え？

猪熊の婆　牢の中が寒いんじゃないかと思ってさ。これ毛布。ねえ、毛布くらいの差し入れならいいんだろう、判官様。

烏賊蔵　いや、俺は判官じゃない。

猪熊の爺　え？　判官じゃない。

刀野平六　あまりに立派だからな。

十郎坊主　うん、立派だ。スリッパより立派だ。

一　同　………。

刀野平六　ザッツ・ア・ジョーク。

十郎坊主　ヤー、ジョーク。

刀野平六　ごめんなさい。俺たち、正月にだけあう冗談の下手なおじき。ほら、おじきって、みんな冗談面白くないじゃない。なあ。

猪熊の爺　そう、場を不思議な雰囲気にしちゃうあれ。

猪熊の婆　これ、差し入れのパン。朝、焼きたての。

十郎坊主　（猫に）来い。

猫　え？

十郎坊主　ついでにお前を盗んでこいって、御頭が。

猫　自分で決める、自分の住処は。

十郎坊主　御頭の食事は尾頭付きだぞ。

一　同　…………。

刀野平六　ザッツ・ア・ジョーク。

十郎坊主　ヤー、ジョーク。

猪熊の婆　やっぱり、おじきだけのことはあるね、めげないもの。

猪熊の爺　そうそう。

とかなんとか言いながら去っていく。
猫も連れ去る。呆然とする太郎。

太　郎　どういうことだ？　沙金の使い？　とすればこれは、あの女からの差し入れ？　あの女、俺を忘れていないんだ！　ただ俺を利用しただけじゃないんだ！（浮かれて）このパン。あの女が焼いたパンなのか。俺の為に、エプロンして、ターラリラリーラリーラリーラリーラリー、ラビアンローゼか何かを歌いながら、朝日を浴びて、心こめて焼いたパ……いてえ、なんだ、これは。

パンの中から小刀が出てくる。

太　郎　小麦粉と小刀を間違えたのか、そそっかしい女だ。コしかあってねえよ……あ！　これがあの女の贈り物。（毛布を調べると更に、ヤスリと金が出てくる）この金で牢を壊し、ヤスリで牢番を刺して、小刀をたよりにあの女の所へ来いってことか？……ちょっと違うな。ヤスリで牢を壊し、小刀で牢番をさして、この金をよるべにあの女の所へ来いってことか。

元同僚の牢番蛸吉　太郎、寒いだろう。

太　郎　え？

蛸　吉　俺のスープを飲めよ。

太　郎　あ、ああ。（そっと、背後に小刀を握る）

蛸　吉　とんだ目にあったな、お前も。でも大人しくしていれば、永遠だって短くなる。

太　郎　そうだ！　俺にもまだ、牢番だった誇りというものがある。脱獄などしない。今まで俺は牢の外にいた。お前が今立っているそこに。こんなにも近いのに、牢の中にいると考えることは全

蛸　吉　く逆だ。お前は、俺を外へ出さないことを、俺は外へ出ることばかりを考えている。たった数メートルの違いで、そこには自由があり、ここには自由がない。だから、牢の中で自由を夢見ないものはいない。（蛸吉の背後で、小刀の鞘を抜くが、また鞘に納める）……いや、俺は出ない。一日が過ぎれば、一日だけ永遠に近づく。永遠なんて、あっという間だったろう。

太　郎　え？

蛸吉が扉をあけてやる。

太　郎　どうして、外へでることができたんだ？

と、海老の助、天麩羅判官がいる。

海老の助　お前は牢屋から女を逃がした。だが、お前は牢屋から逃げなかった。チャンスを逃がしてお前を逃がさなかった。そうさせたのは、お前の愚直さ。

天麩羅判官　そして永遠から愚直さを引くと、今日の日付ができてきたというわけだ。またこつこつと働け。

太　郎　では、また牢番に戻れるので？

天麩羅判官　別の任務だ。

太　郎　え？

天麩羅判官　太郎、あの逃がした女を探しだせ。その愚直さの磁石で。

太　郎　どういうことです？

天麩羅判官　さぐれ。キャッツらが《猫の瞳》や否や。

海老の助　密偵だ。やるか？

太　郎　はい。それでこつこつと働くことになるのなら。

変わって、沙金たちの住処。
盗んだモノを山分けしながら。

十郎坊主　なんでこの世には、こつこつ働く奴がいるのかね。

刀野平六　頭が悪いんだろ。

十郎坊主　お前より？

刀野平六　だってこんな刀ひとつを手に入れるのにも何年も働くんだぜ。

十郎坊主　でも働くとなんかあるんだよ。

刀野平六　あるって？
十郎坊主　死に様がよくなるとか、神様が言いそうだ。
刀野平六　でも死に様と神様足しても死神様だぜ。
猪熊の爺　バカ！　昔はわしらも働いてたんだ。
刀野平六　嘘だろう。
十郎坊主　お婆、ほんとか？　働いたことあるのか？
猪熊の婆　ああ。
十郎坊主　どこで。
猪熊の婆　山でさ。
刀野平六　何して働いてたんだ？
猪熊の婆　盗みを働いてたのさ。
刀野平六　え？
猪熊の爺　俺のひー爺さん達が山で働いていた頃は、働くことは全部盗みだった。俺がまだあげ初《そ》めし前髪のお婆から林檎をふたつ盗むと、お婆が俺から松茸を盗む。盗みあってトントン。穏やかな暮らしさ。
猪熊の婆　あたし達は奥深い深山の静けさと暮らしてたんだ、天狗の横で。
猪熊の爺　ところが、なあお婆。
猪熊の婆　うん、突然、この都の奴らがどやどやっと山に入り込んできて、米よこせ、布よこせ、でやんの。
猪熊の爺　税金だって言うんだ。
刀野平六　なんだそれ。
猪熊の婆　いまだに払ったことない。山で米がとれる？　あんな深い山でコシヒカリとかヒメノホホエミとか。
猪熊の爺　で、税金払えないんなら都に出てきて代わりに働けときた。（叫ぶ）入ってくるな！　我々の聖地に！
十郎坊主　都の奴ら、攻め入ってきたのか。
猪熊の爺　そうだ。
十郎坊主　それでどうした。
猪熊の婆　男はバカさ。惚れた女の前ではどんな無謀なこともしてしまう。
十郎坊主　何したんだ。
猪熊の爺　都の奴を向こうにまわし、山に籠城した。

山中に籠城していく真似をしている、あくまでも真似。

猪熊の爺　（籠城した者が外に向かって語るように）お前達にも法があるように俺達にも無法という名の法

がある。

刀野平六　今のお爺とは思えぬほど勇敢だったんだ。

猪熊の婆　このお爺だよ。闘うわけないだろう。あたしを楯にしただけさ。

刀野平六　お婆の後ろに隠れたのか。

猪熊の婆　ひーひー言いながら、山から逃げ出した、このお爺。這々の体でこの都まで。そのまま都に住みついて今の盗人さ。本当に闘った奴らはね、その後何年も山にこもって皆、山で死んだ。

沙　金　その残党が。

十郎坊主　え？

沙　金　《猫の瞳》なのね。

十郎坊主　残党がいるのかい？

猪熊の婆　いるはずない。皆死んでしまった。

沙　金　でも判官屋敷ではそう言っていた、あたしをその《猫の瞳》と勘ぐっていたよ。

刀野平六　その残党、何しでかしたんだ。

沙　金　まだ何もしていない。

十郎坊主　それが罪か？

沙　金　何かしそうだっていうので、「しそう犯」って呼んでた。盗みなんかよりたち悪いって、躍起になってさがしてる。判官屋敷では。

猪熊の婆　あれ？　今、外を誰かふうっと通ったよ。

見れば、アカシアの花を手にした太郎が、入り口に見えつ隠れつして、行ったり来たりしている。

沙　金　あ。

猪熊の婆　知り合いかい？

沙　金　花屋だよ。花屋さーん。

太　郎　え？

沙　金　そのアカシアの花素敵じゃないか。裏へ回っておくれよ。

気にとめず大騒ぎをしている盗賊たち。裏から、沙金の部屋へ入る太郎。入った途端、舞台は静寂に変わる。沙金、太郎に覆い被さるように、口づけする。

太　郎　今日は、南の言葉は喋らんとね。

沙　金　南の？

太　郎　お前の故郷て、ゆうとったろうが。

沙金　半年も前の話じゃないのさ。
太郎　故郷は半年で変わらないだろ。
沙金　どうしてここが、わかったの？
太郎　そこの路地裏で、お前の猫にばったり会った。
猫　ばったり？　こいつ二週間も私をストーカーしたんだ、こいつは、猫のストーカーだ！　ストーカーが似合ってる、似合う、にあう、ニヤアウ。
沙金　オネガイ、うるさいよ。
太郎　この猫がここへはいるのを見た、偶然。
沙金　そのアカシアの花も？
太郎　これ返そうと思って。
沙金　偶然持っていたの？
猫　ね、妙でしょ沙金！　妙、みょう、ミヤウ。
沙金　しー。
太郎　じゃ、これ返したから、さいなら。
沙金　ふうん。
太郎　（さっと踵を返す）え？　なんか言った？
沙金　ふうん、って言っただけ。
太郎　それで？
沙金　別に振り返るほどのこと言ってないよ。
太郎　大事なことを忘れていた。俺が牢に入っている間、小刀とヤスリを、俺にくれた心遣い有り難う。心は頂戴する。でも、金は返す。おまえのモノだ。
沙金　あたしのモノ？　なんてこの世にないよ。教えてあげる。金は都を歩くときの方向磁石。
太郎　え？
沙金　この磁石はどこへでも連れていってくれる。おいで、あたしのアンタ。

沙金に腕を掴まれ引きずられるように太郎は都大路へ。
途端、そこに都大路の店たち並ぶ。
そこで、次々と買い物をしていく沙金。その後からその品物を両手に一杯抱きかかえて無様についていく太郎。

太郎　ああ、あの日だ。あの日、俺の方向磁石はぐるぐる回り続けた。理性をさす北極星を見失って。あの夜、沙金と二人で、どれだけのモノを、俺は手に入れただろう。月々の食い扶持を細々と積み立てて暮らしていた俺には、見たことのない買い物だった。沙金は入る店入る店の品物全部をさらって行くのかと思えた。一番綺麗なモノ。いちばん高いモノを片っ端から。だが俺がその日、手に入れたものは遥かに貴《あて》やかなるモノ。それは、凌霄花《のうぜんかずら》の香る狂おしの夜。体の中に官能の大河が流れ、心臓はブエノスアイレス、唇が乾いて。

　太郎がどこへ荷物を置いたものか、おろおろしている、その十メートルはあるかと思われる買い物袋を、沙金が奪い取り床に中味をぶちまける。

太郎　あれっぱかしの金が、よくこれだけのものに化けたな。

沙金　あたしの魔法で手に入れた。

太郎　魔法？

沙金　欲しかったら盗る。それだけ。

太郎　え？　これ全部盗んだのか。

沙金　もちろん。見てたじゃない。

太郎　あまりに大胆で、見落とした。

沙金　こそこそなんて盗まないよ。

太郎　盗んで悪いとか思わないのか。

沙金　あたし達こそ、どれだけ働き者からひどい目にあってきたと思う。

太郎　俺達から？

沙金　盗んだだけよ。だのにすぐに牢に入れる。挙げ句の果ては、殴る蹴る斬る焼くゆでる。卵扱いだよ。

太郎　それは盗みを働くからだ。

沙金　ほら。

太郎　え？

沙金　盗みだって働くことなのよ。体使って。

太郎　なにかが違う。

沙金　人は皆、盗んで生きている。子供は母の表情を盗んで表情を覚える。人の考えを盗んで自分の考えにもする。名前を盗む奴もいれば、味を盗んで偉くなる料理人もいる。そして人の目を盗み恋さえする。その恋でまた好きな人の心を盗むのよ。

太郎　きっと違う。けれど言葉がでない。

沙金　だって今、お前の言葉を盗んだんだもの。

　沙金、床に太郎を押し倒す。
　しばし、呼吸音だけが聞こえてくる。

次第に高まる。情事の呼吸に変わっていく。その絶頂、太郎たまらず、部屋を飛び出す。隣の部屋、そこには盗賊たちの一群が相も変わらず、大騒ぎの酒盛りをしている。太郎が猫の隣に座ろうとすると、猫はすっとばかりに逃げていく。

刀野平六　よう、新しい兄弟。
太　郎　兄弟？
十郎坊主　だって、やったんだろう。
刀野平六　沙金は百人一首すべてとやってるからな。
十郎坊主　いわば、沙金はおサカズキのチカヅキ……いやお近づきの盃。

酒を酌もうとする十郎坊主。むっとして、猫の横に行く太郎。猫は、またすっと逃げる。

猪熊の爺　俺はやったくらいで、兄弟とは呼ばねえぞ。なんたって、俺は沙金と初めてやった栄光の男だからな。
太　郎　(反射的にその太刀に手をかけている)
猪熊の爺　ひ！
太　郎　え？
猪熊の爺　な、な、なんだ、その太刀にかけた手は。
太　郎　お前など斬るものか。
猪熊の爺　(斬られないとわかると) おー、斬れ斬れ、わしを殺すのは親を殺すのも同じだぞ。
太　郎　お前など親なものか。
猪熊の爺　俺は沙金の義理の親だ。その沙金と通じたお前は俺の子になる。でも、俺は沙金と通じているから、お前の兄弟でもある。つまり、世にも珍しいひとり親兄弟だ。さあ斬れ、ひとり親兄弟を。
猪熊の婆　うちの男達は、血は繋がっていないけれども一族なんだよ。
太　郎　えっ！
猪熊の婆　だから沙金の肌で繋がってる。
太　郎　肌か。

隣からぱっとばかりに、沙金が入ってくる。

猫　(沙金に) ヒゲにぴんだ！　探ってるよ、この男。どうして簡単にこいつ、あの牢を出てこら

猪熊の爺　れたの、臭う、におう、ニヤアオ。ほら猫も嫌ってる。俺もこいつ、なんかきれえだ！

沙　金　とうさん落ち着いて。（と猪熊の爺に水割りを作ってやる）

太　郎　（小声で沙金に）あれ、今何入れた。

沙　金　（そっと）タバコの葉っぱ。

太　郎　タバコ？

沙　金　酔いが早くなるのよ。

太　郎　そんなに入れたら、死んじゃうぞ。

沙　金　だって、あいつ嫌いなんだもの。どのくらい入れると本当にいっちゃうものなの？　目の前で生きている人間と死人までの距離を知りたい。葉っぱ何グラムが生と死の距離なのか、わかる？

太　郎　本気で言っているのか。

沙　金　肌で返したよ。

太　郎　うん？

沙　金　これで貸し借り無しだよ。

太　郎　え？

沙　金　ここにはお前の座るところはないよ。さよならしましょう。（戸口へ太郎を）

太　郎　なぜ？

沙　金　この円座にはね、盗みを働いて初めて座ることができるの。

一　同　え！！！？

全員立ち上がって、間、そして一斉に喋り出す。

猪熊の婆　こいつ、盗みもしてないのかい！

刀野平六　それで兄弟面がよくできるな！

猪熊の爺　しかも俺を親呼ばわりしたぞ！

十郎坊主　ここに座ってたろ！

太　郎　俺は真人間だ！

猫　ひとりずつ！　ひとりずつ！　代表して誰か。

刀野平六　こつこつ働く真人間。それは、お前らの勝手だ。でもなんで俺達に干渉する。おまえら、もし家族の中でお姉ちゃんが茶の間の抽斗からちょいと修学旅行の積立金を拝借しても「ドロボー」なんて大騒ぎしないだろう。

太　郎　俺には姉ちゃんなんていない。

十郎坊主　じゃあじゃあじゃあじゃあ、妹の豚の貯金箱を割って盗っても、家族の中じゃ盗みとはいわないだろう。ちょいと失敬って言うだろう。

太　郎　妹もいない。

猪熊の婆　あたし達はそうなんだよ。誰が何を盗ろうと「ああ、あいつは今ちょいと失敬してる」って思うだけ。

一　同　そう咎めない咎めない。

太　郎　じゃあ、家族以外の人間から何故盗む。

猪熊の爺　要するに、俺達には全ての人間が、家族に見えてるってことだ。

沙　金　猫はね、狩りをしてもその獲物を食べないことがある。でも狩りをせずには食べていけない。

猫　うん。

沙　金　あたし達にとって、盗みは狩りと同じ。盗みをせずには食べていけない。他に何も知らないのさ。(戸口の外へ太郎を)

太　郎　おい。

沙　金　女をおいと呼ぶ男嫌い。

太　郎　へい、今度いつまた逢える。

沙　金　あんたがもう少しおバカでなくなったら。わかる？　あたし少しお前に惚れている気がする。あ、でも続きはしないよ。猫と犬はね。

猫　外へ出る太郎。

その晩から、太郎はまた沙金に逢おうという望みをもっては、沙金の家の辺りをうろうろした。沙金は太郎の来る時間を見計らい、あの半蔀《はんじとみ》の間から、雀色時の往来をのぞいていた。けれども太郎がそこへ入ることはままならない。そこは二度と踏み入ってはならぬクレーテーのラビリンス、入って行くには、盗みというアリアドーネの糸がいる。だが入れば出られぬ。太郎はそのことを知っていた。

別空間に、海老の助ら。

海老の助　メイビー！　メイビー間違いないのか。

牢番の烏賊蔵　はい、傍目にも太郎は、熱心に張り込んでいます。

海老の助　そこがキャッツらのアジトなのだな。

烏　賊　蔵　と思われます。

同僚の蛸吉　以前にもましてこつこつと頑張っています。

海老の助　だが太郎からのリポートは、ノット・イエット、まだないのか、キャッツらが《猫の瞳》

烏賊蔵　かどうか。
海老の助　極めて慎重です。一度、花屋に化けてアジトに潜入した様子ですが、ばれるのを恐れて張り込みに切り替えたようです。
烏賊蔵
蛸吉　太郎を呼び戻せ。これから、キャッツらのアジトに踏み込むぞ。
は！

とそこに、酔っぱらった天麩羅判官と酒屋の主人、八海山、その妻、お通し。

八海山　おいこら、逃げるな。
天麩羅判官　逃げてないよ、ここがうちでござんすよ。
お通し　嘘つけ、こんな立派な屋敷に住んで酒代を払えないわけないだろう。
天麩羅判官　酒代？　なにそれ。
八海山　あ、すいません、見ず知らずの所に。
海老の助　旦那様です。
八海山　え？
海老の助　ただこの屋敷は今の都と同じ。繁栄は見せかけ、連夜の酒代に、台所は火の車。後、売れるものといったら、この壁の絵と裏山の桜の園くらいです。
天麩羅判官　これあげる。
お通し　なによこれ。
天麩羅判官　ゴッホの『ひまわり』。
お通し　いらないよ、こんな色キチガイみたいな絵。
天麩羅判官　これ本物だよ、高く売れるんだよ。
八海山　値段がついてねえ。
天麩羅判官　わかった。じゃあちょっと待って（絵に書き込む）五百、五千、五万円にはなるだろう。
八海山　路地裏の奴らみんなに大盤振る舞いしたあの酒代が、五万円で足りると思ってんのか。
天麩羅判官　分かった！　好きな絵を持ってきて、あたしが値段を付けるでござんすと。
海老の助　絵を手放して、また後で泣くのは判官様ですよ。
天麩羅判官　（ダリの絵を見て）いいんだよ、なんかこれ、時計がぐにゃっとしているし、ほら腐りかけてる、蟻がたかってるのにありがたかくもないっと。
海老の助　酔いが醒めてはまたこれを高い値で買い戻す。それで借金が嵩んでるんですよ。

八海山　（奥で見つける）あ、この絵がいいや、大きいから。
お通し　悪くとも、屋根になるね。

と、その絵は、ドラクロアの『民衆を引き連れた自由の女神』。

天麩羅判官　あ、それは。
八海山　おーい手伝っておくれ。
天麩羅判官　ダメだ！　その絵はダメ！
お通し　なんだい急に。
天麩羅判官　これだけは持ってかないで！
八海山　ち、じゃあ今日の所はこのくらいにしときますよ。（去る）
天麩羅判官　（去ったのにも気付かず）やめてー、やめてー、これだけは本能的にやめてー！
烏賊蔵　こんな絵を大事にしてたのですね。
天麩羅判官　これはね。
烏賊蔵　なんです。
天麩羅判官　俺の自画像。
蛸吉　どこに判官様がいるんです。
天麩羅判官　ここだよ、この旗ふってる女の隣のこれ。
海老の助　これそうですか。
天麩羅判官　そうよ。若き日の私。この絵は我々が、この地に自由を勝利した時の絵。わしの顔は英雄。この絵を見てみんなわしのことを尊敬している。バカじゃないの？
海老の助　そんな言い方は。
天麩羅判官　バカだよ、バカ。だってこれは、本当は自由を勝利した時の絵じゃないもの。
蛸吉　どういうことで？
天麩羅判官　自由を奪われた山の者達の負け戦の絵。
烏賊蔵　では、どうして判官様の顔がここに。
天麩羅判官　だから、昔、俺が山に籠もってこの都と闘った時の。でさあ、俺、仲間裏切って売り飛ばしたの。この都についたの。みんな仲間ひとり残らず死んだねえ。俺は、代わりに都からご褒美もらって、どんどん偉くなってとうとう判官様だ。それであれだよ、裏切られた奴らの残党、なんつったっけな……。
海老の助
蛸吉
烏賊蔵　｝《猫の瞳》！
天麩羅判官　なんか俺の所に化けるの化けないのって、今頃ねえ。

そこに寝込んでしまう判官。

海老の助　それで脅迫状が、この判官屋敷に。
烏賊蔵　しかしその一党はひとり残らず死んでしまったと言いましたよね。
海老の助　だから化けて出るんだ。この屋敷に。
蛸　吉　くわばらくわばら。お、口から死語が化けて出てきた。

ガバッと、起きる判官。

天麩羅判官　俺、何か言ったか。
海老の助　過去の話を。
天麩羅判官　それですっきりしているのか。
海老の助　過去とゲロは吐いた方が楽になるもの。判官様は仲間を売って偉くなられたお方なんですね。
天麩羅判官　どうやらそうらしい。自分でも忘れていた。偉くなると初めから偉かった気がするものだ。俺の夜毎の泥酔の底には、こんな無法者達の風景画が沈んでいたのか。
海老の助　判官様が反逆者の中にいたなんて知れたら。この絵は証拠写真になってしまいます。キャッツらは、この絵を奪って判官様の前歴を世に暴き、なお都の治安の動揺をはかるつもりだ、ジーザス！
蛸　吉　いっそこの顔を描き直したらどうです。あの美術部だった奴に頼んで。
天麩羅判官　いや、これがやがて宮中の鳳凰の間に飾られた時を想像してみろ。この顔は極めつきの英雄の顔、それは私の顔でかまわない。
海老の助　しかしキャッツらに奪われようものなら。
天麩羅判官　そう、それがジレンマ、たちまちこの絵は化ける。自由を奪われた山の無法者達の絵に。
海老の助　しかも、そっちが実話なのですね。
天麩羅判官　しかもしかもだ。わしがキャッツらを売った男だということまでばれる。
海老の助　この無法者達が化けて出てくる前に、キャッツらをこの絵の中に塗り込めてしまいましょう。
天麩羅判官　どういうことだ。
海老の助　キャッツらのアジトがわかりました。一気に潰そうと思っていた矢先です。太郎！　太郎！

太郎が現れる。

天麩羅判官　以前と少し顔つきが違うな。

海老の助　張り込みに生き甲斐を感じているのです。ライフはビューティフルか？

天麩羅判官　太郎、キャッツらが《猫の瞳》に間違いないのか。

太　郎　なんともそれが。

天麩羅判官　わからぬままか。

太　郎　はい。

天麩羅判官　この数ヵ月、女を見張っていたのかそれとも、見とれていたのか。

太　郎　いいえ、もっとキャッツらの中へと潜入するには、もっと働かなくてはいけません。

海老の助　もっと、何を。

太　郎　盗みをです。

海老の助　え？

太　郎　それが俺にはどうにもためらわれます。

天麩羅判官　盗んで仲間に深入りするというわけだな。

海老の助　その捜査は行き過ぎだ。

天麩羅判官　（海老の助に）お前、これ結婚指輪か。

海老の助　はい。

天麩羅判官　大事か。

海老の助　女房が大事にねって。

天麩羅判官　（盗って、太郎に渡す）ドロボー！

太　郎　え？

天麩羅判官　逃げろ。

太　郎　は、はい。（逃げる）

天麩羅判官　（烏賊蔵らに）盗人だ。追え！

烏賊蔵・蛸吉　は、は、はい。（追う）

海老の助　もうアジトが知れているのに、遠回りな。

天麩羅判官　遠回りしろ、海老の助。路地裏は通るな。路地にすむ奴らは、罪人が大好きだ。まして痛快なヒーローは。われわれが、誤認逮捕でもしてみろ。大喜びだ。

駆け込んでくる、屋敷の男。

男　令状をお願いします！

海老の助　なにがあった。

男　《猫の瞳》を捕らえました。
海老の助　例のアジトでか！
男　それが思いもかけぬところに潜伏していました。
海老の助　（天麩羅判官と見合う）
天麩羅判官　よし、面通しだ。

「ドロボー！」という声と共に、走り込んでくる太郎。匿われるように沙金の住処に入り込む。
太郎を囲んで盗賊達。

刀野平六　いやあ、太郎、すっかり兄弟だ。
十郎坊主　え、び、のす……け。と書いてある。
沙　金　間違いないわ。あの判官屋敷のあの野郎の指輪。
猪熊の婆　あいつから盗むなんて、いい仕事だねえ。鰐が、ゆうくり開けた口に頭つっこむシンガポール鰐動物園の余興より凄い。
十郎坊主　それすごいのか。
刀野平六　だからトムとジェリーで言えば、ジェリーがトムのヒゲを盗んだみたいなもんだ。
十郎坊主　すげえー！
沙　金　盗んだ指輪をはめる時が一番どきどきする。きっと盗まれて悲しんでいる女が何処かにいるんだろうって。その悲しみのぶんまで嬉しい。ありがとう太郎。
猪熊の爺　どうせイミテーションじゃないのか。
沙　金　ほんものよ。
猪熊の爺　指輪は本物でも、こいつの盗みはイミテーションかも知れない。俺は認めないぞ。一回盗んだくらいで。
猫　そうだよ。あんなに盗みを蔑んでたんだよ、沙金、じっくり見よう、みよう、ミヤウ！

と、別空間に天麩羅判官の屋敷で捕まった《猫の瞳》の男の面通しの姿。

沙　金　静かに！
女子アナ　本日未明、筑後の前司の元小舎人であった男が、《猫の瞳》を名乗る盗賊団の容疑者として緊急逮捕されました。現在まで男は完全黙秘を続けていますが、判官屋敷に脅迫状を送りつけた一味であると断定されました。今夜は、左の獄《ひとや》で身柄を拘束し、明朝夜明けと共に判官屋敷へ、男を護送する予定です。続いて、天気予報で……。

猪熊の爺　はーん、こいつかあ、若いなあ。
沙　金　かわいい顔しているのにねえ。
猪熊の婆　ババンバン。
太　郎　どうしよう。
沙　金　どうもしないよ。
太　郎　どうすればいいんだ。
刀野平六　どうした兄弟。
太　郎　兄弟だ。弟の次郎、血を分けた本当の兄弟。
一　同　え⁉
猪熊の爺　脅迫状を送っただけだろう。
猪熊の婆　うん。
猪熊の爺　まだなにもしてないんだろう。
猪熊の婆　でも、なにかしそうな思想犯は、首くくられるよ。
太　郎　白バイが好きだったあの弟が。琵琶湖マラソンを先導する白バイに乗るのが夢だった、あの弟が……何かの間違いだ。
猪熊の婆　冤罪かも知れない。
太　郎　そうだ。間違って逮捕されたんだ。あいつはまだ体も華奢だ。牢の辛さは俺が何より知っている。あいつの筋骨で耐えられるはずがない。どうすればいい沙金。
沙　金　牢を破ればいいじゃない。
太　郎　え？
沙　金　正真正銘の兄弟なんでしょ。
猪熊の婆　なにも躊躇う事なんて無いよ。
沙　金　行くよ！
太　郎　え⁉

あっという間に、牢に押し入る景色に変わる。
方々で、刀の斬り結ぶ音。
呆然としている太郎。
音楽『パッヘルベルのカノン』。

刀野平六　そっちの獄《ひとや》だ！
猪熊の婆　ぐずぐずしていると、判官達の所から助っ人が来ちまうよ。
沙　金　なに腰がひけてるの太郎。
太　郎　俺がこんな真似を。
沙　金　先へ行って。太郎！　弟はお前の顔しかわからないんだよ。

奥へ走り込む太郎、すぐにでてくる。
そこは左の獄。

太郎　次郎！　次郎！
次郎　え？　兄貴か？
太郎　次郎！　今、牢を開けてやる。
次郎　兄さん！
太郎　次郎！

兄と弟、相まみえる。その見得あって。
と、そこへ太郎の同僚だった牢番蛸吉が立ちはだかる。

太郎　道をあけろ。
蛸吉　あけられぬわ。
太郎　どかねば斬るぞ。
蛸吉　あ！　お前は太郎。
太郎　おまえか、蛸吉！
蛸吉　太郎、なんでお前がこんな真似を。
太郎　道をあけろ、蛸吉！
蛸吉　どかぬ！
太郎　後生だ、蛸吉！
蛸吉　できるか、そんなことが。
太郎　ぶったぎるぞ！
蛸吉　ぶったぎるぞ！
太郎　か、か、刀を納めろ。
蛸吉　か、か、刀を納めろ。
太郎　こ、こ、殺されてえのか。
蛸吉　こ、こ、殺されてえのか。
太郎　け、剣先をおろせ！
蛸吉　け、剣先をおろせ！
太郎　おー前が先だ。
蛸吉　おー前が先だ。
太郎　でなけりゃ斬るぞ！

二人ともへっぴり腰で埒があかない。

沙金　何をしてるの。
刀野平六　やれ！　太郎！　早くずらかれ。

太郎、背中を押される。太郎と蛸吉の情けない立ち回り。

蛸　吉　ひー！

遂に、太郎は元同僚蛸吉をひと突き。
蛸吉、死ぬ。

太　郎　俺か？　それとも、この俺の刀か？　今、人を殺《あや》めたのは。この気のいい男を誰かが殺したのは……この刀が人殺しを？　その刀を持っているのは俺の手。俺の手が人殺しを？　そしてその俺の手を持っているのはこの俺。とすれば、やっぱり殺したのは俺。俺だあああああ！　俺が人を殺めたのだ！

沙　金　ずらかるよ。

太　郎　あ、ああ。

沙　金　まだ、たった一人やっただけじゃないか。

太　郎　俺が……人を殺した。

沙　金　そのことを考えるのは明日でいいよ。

太　郎　明日？

沙　金　絶望は明日に先送りする。それが、生きるこつだよ。

盗賊達が引き上げていく姿は、やがてそれから続いていく罪業の姿になる。
略奪するたびに、壁に掛けられた絵画が奪い去られ、しまいに残る絵は、舞台奥のたった一枚の絵画『民衆を引き連れた自由の女神』だけとなる。
腰の引けていた太郎が、次第に盗賊の先頭に立つようになっていく、その中。

太　郎　ひとたび、その大罪を犯してからというもの、打ち寄せる罪業の波。ひとつの殺しの手の震えの止まらぬ間に、その震える手でまた火をつけた。その業火を見ながら、喉を喰わんばかりに激しく打つ心臓の、その音のおさまらぬ間に、今度は民家を打ち壊し、逃げまどう者の叫び声が俺を呑み込む。俺の犯す罪科《つみとが》は、嵐近づく海の巌に打ち寄せる波。次から次と、覆い被さる。そう、俺の罪はカノン。犯した罪をまた罪が追う。俺の罪はカノン。殺された者の叫びを、また別の叫び声が追う。罪はカノン。ひとたび犯せば。

刀野平六と十郎坊主が現れて。

刀野平六　道をあけろ、斬るぞ！

十郎坊主　できるかそんなこと、ぶったぎるぞ！

刀野平六　こ、こ、殺されてえのか。

十郎坊主　こ、こ、殺されてえのか。

刀野平六　か、か、刀を納めろ。

十郎坊主　か、か、刀を納めろ。

刀野平六　き、切っ先をおろせ。

十郎坊主　き、切っ先をおろせ。

刀野平六　……て、思い出すな、あの時の太郎。

そこは、新しい盗賊達の住処。

猪熊の婆　腰が引けてたよね、あの頃の太郎は。

刀野平六　今は見違えるように頼もしい。

猪熊の爺　だから俺が最初から言ったろう。太郎は見込みのある男だって。

太　郎　次の仕事の段取りだ、次郎が説明する。

次　郎　僕たちは持てる者を襲う。くれぐれも言うが、ワレワレの盗みは信念のもとに行われなくてはいけない。君たちが昔やっていたような無自覚な盗みではダメだ。

猪熊の婆　えり、えり。

猪熊の爺　え？

猪熊の婆　襟を正して。

次　郎　今度の仕事は、歴史的な盗みとなる。いわば、昨日までの仕事は、その為のリハーサルだったと思って欲しい。

沙　金　あらら。

猫　しっ！　沙金。

猪熊の爺　今度は何を狙うんだ。

次　郎　いよいよ『自由』を盗む。

ぽかんとする間。

次　郎　今度狙うのは『自由』だ。

猫　この男のコトバは、猫の耳に心地よかった。私は次郎と出会い、自分は何かに化けるために生まれてきた猫、そう思うようになった。それは、太郎も同じだった。ここまで堕ちた太郎には、次郎のコトバの正しさに縋るしかなかった。

太　郎　わかったな。『自由』だ『自由』を奪うぞ！

沙　金　次郎。

次郎　え？
沙金　もっと、お子さまからお年寄りまでわかるコトバでお話しよ。
太郎　俺が弟のコトバを噛み砕く。弟のコトバを分かりやすく実践する。われわれが行動隊だ。
沙金　もう、それだけでチャンネルを変えたくなるよ、次郎のコトバの受け売りは。しかも、その次郎のコトバは《猫の瞳》の受け売り。
次郎　受け売りではない。僕は学習した、身をもって。キャッツらから。
沙金　キャッツらなんて本当にいるの？
次郎　この都の何処かにまだ潜んでいる。
沙金　じゃあわかった。次郎、『自由』をもっと噛み砕いて。それは何？　どこにあるの？　どうやって盗むの？
次郎　今、『自由』は判官の手に落ちている。『自由』の名の下に、あの男は人々を裁いている。何故なら、あいつが『自由』をこの都にもたらした英雄だということになっているからだ。だが、それは偽りの歴史。『自由』は元々、山のあなたの空遠くに、永遠と共にあった。そこでは『自由』は、FREE、と呼ばれていた。
十郎坊主　何だって？
次郎　（唇を噛んで）FREE。
十郎坊主　ふりー？
次郎　FREE。
刀野平六　ふりー。

しばらく皆でその繰り返し。

猪熊の婆　一生かかっても言えないね。
次郎　そう。だから、この都の人間には馴染みにくい。FとRがはいっているから。
刀野平六　何言ってんの。
次郎　（唇を噛んで）FREE。
一同　ふりー。

また、発音練習の繰り返し。

次郎　発音もできないのに、自由を手に入れられるはずがない。今、都にある自由はにせもの。誰かの自由の上に誰かの自由がある。それは、いつも上下がある犬の群れと同じ。自由は階段状になっている。だからこそ、われわれは『自由』

をスリ替える。

猪熊の婆　すりかえる？

次　郎　(舌を歯の間にいれて) THりかえる。

猪熊の婆　す？

次　郎　TH。

一　同　す？

次　郎　TH。FREEをTHREEかえる。

十郎坊主　どんな風に。

次　郎　山のあなたにあった頃の『自由』に。それは、猫が群れなすときの自由。

猪熊の爺　猫は群れないだろう。

次　郎　猫は決して群れないように見える。それは猫たちが群れをなす時、猫たちは輪を作るからだ。

猫　ああ、そう言えば。

次　郎　猫たちはいつも、まるくすわる。

十郎坊主　丸く座る？

次　郎　そう、これはマルクス、わる思想だ。誰の座るところからも、中心までの距離が等しい。

猪熊の爺　でもそんな猫たちでも一匹だけは、真ん中に座るぞ。俺達だったら、誰がそこに座る？

次　郎　(いつしか、みんなの真ん中に座っている)

……………。

沙　金　……………。

太　郎　それは沙金だ。御頭だから。

猪熊の婆　だったら、今までのあたしらと、何も違わないよ。

次　郎　その通りだ。君たちは無自覚だったけれど、君たちの盗みの世界は、すなわち山のあなたの自由な世界だったんだ。

沙　金　マルクスる思想？　そんなコトバ遊びに私は騙されない。

十郎坊主　コトバですよ御頭。コトバ遊びじゃない。

沙　金　人間の思想はみんなコトバ遊び。コトバで語られコトバに騙される。でも立派なお題目を並べても中味は同じ。盗みは盗みさ。

十郎坊主　けれど、その次郎のコトバのお陰で、俺達は盗みに誇りを持てるようになった。

刀野平六　第一、御頭、あれだよ。世間から俺達は《猫の瞳》にされちゃってて、凄い人気だ。路地から路地へ逃げるとき、路地裏の人間から、がんばれよ！　とか、おにぎりくれたり、捕まるな！とか、なあ。

十郎坊主　人気者だよ。

刀野平六　俺この前、逃げながらサインまでしたぜ。ヤク

十郎坊主　ルトのおばちゃんに頼まれて。いまや俺達、十把ひとからげで人気ある、誰が誰だか分からないモーニング息子だ。
猪熊の爺　さしあたって、何をするんだ次郎。
次　郎　判官屋敷にある『自由』を盗む。
猪熊の婆　どんな形をしてるの。
次　郎　それは一枚の絵、見れば自由の正体が分かる。
太　郎　よし、判官の近辺へ、情報を仕入れに行こう。
次　郎　都の酒場の裏口をうろつけ、野良猫の如く。必ず、あの判官が何処かに顔を出す。

外へ行こうとする盗賊達。

沙　金　お待ちよ、次郎。
次　郎　え？
沙　金　おまえはここに残っておくれ。
次　郎　どうしてです。
沙　金　御頭はあたしだよ。何から何までお前が指図するんじゃないよ。
猪熊の爺　沙金と次郎を二人きりにすると、殺し合いが始まるんじゃないか。
猪熊の婆　太郎もお残り。

沙　金　太郎、お前には今夜はもう一つやって欲しい事があるの。多襄丸という名の銘刀を見つけておいた。あれを盗ってきて。
太　郎　え？　俺が？
沙　金　お前にあげたいの。だから、お前の手で。
太　郎　約束してくれ沙金。
沙　金　何を。
太　郎　これ以上、弟を憎むな。

沙金と次郎、二人だけが残る。
気まずい沈黙。
沙金、次郎のそばに近づく、唾でも吐くかと思いきや、二人熱く抱擁する。
沙金が太郎と出会った日のような、激しい情事の呼吸。

次　郎　こんな事がいつまでも、兄さんにばれずに続くとは思えない。
沙　金　でも太郎は、人一倍嫉妬深いもの、知らない方があの人の為よ。
次　郎　でも僕は、兄さんにすまなくて。
沙　金　あたしは別に太郎のものではない。

次郎　沙金。
沙金　なあに。
次郎　思い過ごしかも知れないが、もしもこれがこうして忍ぶ恋でなくても、君は僕をこんなに愛してくれただろうか。
沙金　どういうことかしら。
次郎　なんだか君は、兄貴の前で僕を憎々しげに見る、それを見せることを楽しんでいる。そんな風におもわれてならない。
沙金　ひどいわ。あたしは太郎にとっては悪魔でもいいけれど、あなたにとっては天使でいようと思っているのよ。あたしは、次郎に会ってから変わったの。自分でも分かるもの。昔のあたしなら、すぐにでも太郎のグラスにタバコの葉っぱをしこたま入れている。でも、それをしないのも、あなたがそれを嫌うからよ。
次郎　変わったのは僕だろう。ここに来てからというもの。そんな気がする。
沙金　あなたは少しも変わっていないわ。ただ、もっと水をのまなくては。
次郎　水を？
沙金　心にね。

次郎　え？
沙金　若い正義感は、硬く一途でポキッと折れる。冬の枝のように水が足りない。
次郎　どういうことだい？
沙金　「自由を手に入れる」って言う時のあなたの瞳は好きよ。闇に光る傷口のよう。でもね。
次郎　なんだい。
沙金　次郎は白バイに乗りたかったのよね。聞いたわ。
次郎　ああ、兄さんと二人で琵琶湖マラソンの先導をしたかった。画面向かって右の白バイが太郎、左が次郎、はじめての兄弟での白バイ先導です。って、晴れた日の琵琶湖の風を受けながら、兄貴と走る早春の日に憧れた。
沙金　白バイに乗って。
次郎　え？
沙金　今。
次郎　今？
沙金　そして崖っぷちまで走って。どこまで行けるか。

突然のバイクの音。

沙金　（後ろに乗る仕草）かまして！

次郎　え？
沙金　白バイで暴走族やったら怖いものなしね。ひゃっほー！
次郎　ひゃっほー！

バイクの音、どんどん高まる。
暴走族が持つような旗を手にする沙金。

沙金　若くて生きることは、ほとんど反抗することと同義語。何かに反抗しない奴なんて、若さの持ち腐れ。もったいねえ。とにかくこの世が気に入らねえ。
次郎　気に入らねえ！
沙金　わけもなく。
次郎　わけもなく！
沙金　それが若いってこと。でもね、それは理由なき反抗だから許される。そこに理由なんてつけちゃいけない。崖へ向かって突っ走る自分に、理由をつけたばかりに、只の不幸ですむことが大きな不幸になってしまう。次郎、あなたの反逆心のソバにいるとそれを感じる。理由なき反抗に理由をつけようとしている。バイクの後ろに乗っているからそれがわかる。理由なき反抗はただ走るだけ。飛ばせ飛ばせ、あの崖っぷちまで、もっと、もっと……。

更にバイクとばす、とそこに、太郎が現れる。

太郎　あ。
次郎　あ。（変な格好のまま止まっている）
太郎　何してる。
次郎　白バイに乗ってる。
太郎　白バイは、後部座席がないだろう。
沙金　そうなの？
太郎　流れる風が心ときめかせたか？　お前達昔からの恋人のようだ。
次郎　え？
太郎　喜んでいるんだ。そんな風になって……俺が今日も人を殺している間に。
沙金　ねえ、二人でチキンゲームをして。
太郎　え？
沙金　あの崖っぷちに鬼百合の花が咲いている。どちらが、その花の近くまでぶっ飛ばしていけるか。

次郎　でも……。
沙金　太郎はやってくれるわね。
太郎　沙金、乗れおれのうしろに。
沙金　あたし、勝つ方に乗るわ。
太郎　だから、俺さ。
沙金　そう。
太郎　行くぞ次郎、チキンゲームだ！　昔乗りたての自転車でやっていたのと変わらない。どちらが先に逃げるかの肝試し、だが今日はどちらが罪深いか。行くぞ、あの鬼百合の花咲くところまで。

二人、バイクに乗る仕草。

太郎　今日もたった今、俺はこの太刀、多襄丸を手に入れんがために人を殺めた、この手で。へっちゃらだ。俺はへっちゃらだぞ。どこまで堕ちようとも、怖くはないぞー！　へっちゃらだー！

だが、先にブレーキをかけるのは太郎。

沙金　次郎の勝ちだわ。
太郎　そんな……次郎が俺より罪深いわけがない。
次郎　でも罪深くなれる。兄貴の知らないところで。僕はそんな男かも知れない。
太郎　俺はまだ恐ろしくてどきどきしている。
次郎　僕もだ。
太郎　喉がからからだ。
沙金　バーボン飲む？
太郎　ああ（勢い、飲む）……え！
沙金　どうしたの。
太郎　タバコの葉っぱを入れたのか、沙金、俺のグラスに。
沙金　バカね、そんなものいれないわ。
太郎　どうしてだ。
沙金　入れてないわ、お前の鼻がへんなのよ。
太郎　猜疑心は、俺の鼻まで変にさせる。いや、タバコの葉っぱだ。葉っぱが入ってるぞ！　まちがいない、これはタバコの臭いだ！

沙金と次郎は消える。
そこは、路地裏の酒場。主人の八海山とお通しがいる。

お通し　そんなもの、うちの酒に入ってるわけないでしょ。
太　郎　いや、入ってる。臭う。タバコの葉っぱだ。
お通し　さっきから、ずっとああ言ってるんだよ。
八海山　今日は、悪い客ばかりだなあ。

と、酒場の反対側に、天麩羅判官と海老の助と保険外交員のおばちゃん三人がいる。その一人は、変装した猪熊の婆。

天麩羅判官　酒がねえぞー！
保険のおばちゃん1　じゃあ本当に契約してくれるのね。
天麩羅判官　当たり前っしょ。
保険のおばちゃん2　近頃、契約が取れなくて困ってたところ。
保険のおばちゃん3　助かるわー、おばちゃん。
天麩羅判官　困ってる人見るとね、私は一緒に困りたくなる男だ。
おばちゃん1　なにせ末法の世っていうの？　飢饉、大火事、地震にガングロ、バチグロと続いて、羅生門のあたりなんて、ひどいもんさ。
おばちゃん2　ひどいこと続きで、うちの保険会社なんて全然ダメ、お金持ってかれっぱなし、そのくせ少しも契約は取れない。
おばちゃん1　だから、こんな大口契約見つけてきたら。
おばちゃん3　部長、喜ぶねえー。
おばちゃん1　ここにハンコね。
天麩羅判官　あいよ、一億円の保険と。
おばちゃん2　ありがとう。
天麩羅判官　あんたんとこも一億円、そしてあんたも一億円、あわせて三億円。
海老の助　うちの屋敷のどこにそんな月々の保険料を払う金があるんです。
おばちゃん2　なにさあんた。
海老の助　ファッキンビッチ、その契約書は夢の契り、判官様が素面に戻れば、ちぎられるだけ。
天麩羅判官　おいでみんなー、今宵もあたしの奢り！
保険のおばちゃんら　大口契約おめでとう！
天麩羅判官　酒持ってこーい！

おばちゃん達去る。そこに寝込むおばちゃん3を残して。
看板の時間、になっている。

天麩羅判官　もっと酒ちょうだい！
八　海　山　もううちにはありません。
天麩羅判官　じゃあ買ってこい、海老の助。
海老の助　保険の払いはおろか、今日の酒代だってありません。
天麩羅判官　あれっ？　あれっ？（ポケットを探す振り）あれっ？　酔った人は皆こうやって金をさがすね。あれっ？
海老の助　それは、見つからないんじゃありません。ポケットにも屋敷にも都にも金がないからです。
天麩羅判官　わかった、よし。紙と鉛筆！
お　通　し　はい、紙と鉛筆。
天麩羅判官　さらさらっと、はい、一億円。天ぷら判官っと。
お　通　し　ありがとう。
天麩羅判官　これで酒買ってこい。
お　通　し　でもこれお金じゃないから。
天麩羅判官　うけとったろう。
お　通　し　判官様、今日は酔ってるのに人が悪い。悪いよ。だって、もう酒が切れたから。く、
天麩羅判官　く、苦しい。毒を盛られた！
海老の助　私が水を入れました。

天麩羅判官　酒飲みには、水は毒……というわけで、私は素面になってしまった。そして事態は急転直下、ここが出張簡易裁判所になった。
海老の助　これが問題の一億円札です。
天麩羅判官　「一億円。天ぷら判官」。確かに書いてある。そして（お通しに）お前は受け取った。契約は成立している。酒を買ってこい。
お　通　し　そんな理不尽な。
天麩羅判官　理不尽と思うなら、判官屋敷へ訴え出ろ。
海老の助　もっと素面の判官様が待ってるぞ。詐欺罪やら誣告罪で一生牢に入れられる。
お　通　し　酒を買ってきます。（去る）
海老の助　酒代はそうやってごまかせますが底をついてしまったうちの屋敷は、ひいては、この都の蔵にはもう金がありません。
天麩羅判官　絵を売れ、絵を。
海老の助　屋敷の壁をご覧ください。もう真っ白です。一枚の絵もない。いや、ただ一枚、あの人様の手に渡せない絵。『自由』だかなんだかの、あの食えない絵だけです。
天麩羅判官　そうだ。そこに私は目をつけたのだ。
海老の助　どういうことです。

天麩羅判官　あの食えない『自由』に値を付ける。
海老の助　自由はクエン、十億円。なんてそういうのじゃないでしょうね。
天麩羅判官　似てるけど違う。
海老の助　どういうことです。
天麩羅判官　太郎から今日久しぶりに情報を受け取った。

おばちゃん3、実は猪熊の婆。今まで寝てたが、ガバッと起きる。

猪熊の婆　太郎!?
海老の助　おばちゃんは寝てて。
天麩羅判官　『自由』を狙っている盗人たちとの接触に遂に成功したらしい。
海老の助　《猫の瞳》とですか？
天麩羅判官　わからん。
海老の助　緊急配備だ。厳戒態勢をとりましょう。
天麩羅判官　いや、自由はFREE、所詮無料只同然、だから望み通りすりかえさせてやる。
海老の助　すりかえさせる？　なにと。
天麩羅判官　TH りかえだ。
海老の助　す？
天麩羅判官　TH。
海老の助　す。
天麩羅判官　TH、THREE かえさせる。FREE をTHREE にすりかえさせる。
海老の助　フリーをスリーに？
天麩羅判官　そう、じゆうを三に。
海老の助　十を三に？
天麩羅判官　自由をくえんを、三億円にすりかえさせる。だから、保険に入ったんだ。わが内なる酔っぱらいが。本能的に。
海老の助　自由をクエンのこの絵が三億円にすりかわる。そんな事件を起こさせるのですね。
天麩羅判官　一枚の紙が酒にすりかわったように。
海老の助　確かに、この世の価値はすべてすり替えることで新しくなってきた。
天麩羅判官　(急に大声で) 食えない絵だ！

太郎、ガバッと起きる。

天麩羅判官　だったらわかった、大内裏に上納する。明後日！　いいな海老の助、あの刑務所の脇道を通ってあの絵を運べ！

海老の助　はい。

太郎、走り去る。お通し、帰って来る。

お通し　お酒を買ってきました。
天麩羅判官　おつりは。
お通し　おつりって。
天麩羅判官　だって、一億円渡したんだよ。この酒そんなにしないだろう……。まあ良いか、次の酒代にとっておけ、貸しだ。
お通し　高校の先輩と同じだ。
猪熊の婆　あのう、その盗人の情報流したのは、お知り合いの太郎って言いましたよね。
海老の助　え？
猪熊の婆　どこの太郎です？
海老の助　お前には関係ない。
天麩羅判官　太郎だよ、太郎。愚直の太郎、こつこつ太郎、ねー。

猪熊の婆、走り去る。
すぐにまた猪熊の婆は、血相を変えた沙金と共に現れる。

沙金　太郎！　太郎！
猪熊の爺　どうした、何があったんだ。
沙金　太郎はどこにいるの？

太郎と次郎が走り出てくる。

太郎　すごい情報を仕入れたぞ。
沙金　あたしもなの。
太郎　なんだい。
沙金　あなたこそ、何？
太郎　え？　どうした。
沙金　あたし達をなにか騙すための情報？
太郎　なにいってるんだ。
沙金　お前、あたし達をスパイしていたの？
太郎　え？
猪熊の婆　定期的に情報を流していたってほんとかい？

一同、驚きのあまり声が出ない。

次郎　兄貴がそんなことをするはずがない。
沙金　次郎、違うのよ。お前がここに入ってくる前からのこと。ずっと、見張り続けていたのよ、この男はあたし達を。

刀野平六　縛れ！　縛り上げろ！

猪熊の爺　だから俺が最初から言っただろう。こいつは当てにならないって。

猫　そうだよ沙金、だから怪しいってあたしも言ったのよ。のよう、ニヤウ。

十郎坊主　でもどうなんだ、自分の同僚まで殺して、俺達を欺いたのか？

猪熊の婆　都の奴らは、騙すときはとことん騙しにかかる。

十郎坊主　でも、太郎が犯した罪の数は俺らの比じゃないんだぞ。

刀野平六　どうなんだ。

太郎　…………。

沙金　どうなの太郎！

太郎　確かに俺は、ここに初めて花を売りに来た時、紛れもなくお前達をさぐるつもりだった。

猪熊の爺　ひ！

刀野平六　（太刀に手をかけ）首をはねろ、すぐに。

沙金　太郎、お前、あたし達を売っていたの？

刀野平六の切っ先、太郎の首にかかる。

太郎　その俺を狂わせたのは、沙金お前だ。お前が肌にまとう自由さだ。それは狂暴で狂おしいほどいとおしい。荒くれて手に負えずだからいとおしい。うとましく、もどかしく、なのにいとおしい。お前がその身につけている自由は、初恋のように初々しく手に負えない。だから俺は、お前を抱えて、ここから逃げ出そうと思ったんだ。

沙金　あたしを連れて？　何故。

太郎　お前を救いたかった。

沙金　救う？　誰を？　あたしを？

太郎　今でも俺は、古のあの時の俺の心に戻れるものなら戻りたい。だが、俺の手は戻ることのできない手だ。幾人をこの手で殺めている。斬るなら斬れ！

次郎　待ってくれ。兄貴は、今の兄貴は、僕たちを裏切ってはいない。今日、兄貴が持ってきた情報は凄いものだ。

沙金　なあに。

次郎　判官自身から聞きだしている。密偵の振りをして。

猪熊の婆　密偵のフリをして？
沙　金　つまり、二重スパイをしたということ？
太　郎　…………。
沙　金　どうなの。
太　郎　そうだ。
沙　金　本当なの？
太　郎　明後日、あの判官の屋敷から、われわれの狙っているあの絵が運び出される。
沙　金　どこへ？
太　郎　宮中に上納される。そうなれば、判官は自由をこの都にもたらした英雄として、末代まで語られることになる。次郎から教わっただろう。まやかしの歴史は、何としても阻もう。盗むんだ『自由』を。我々の手に。
刀野平六　騙されるな、今日まで俺達を欺いた男だ。
十郎坊主　御頭、どうする？
沙　金　あたしは『自由』なんてどうでもいい。ただ、盗むには仲間を信じる心がいる。
猪熊の婆　一度裏切った奴は信じられない。
次　郎　一度じゃない。二度だ。兄貴は裏切り返したんだ。
猫　だったら、三度裏切るかもしれない。
猪熊の爺　こいつは信じられない。罠を仕掛けられ裏切られ殺される、俺達の姿が見えるようだ。
猫　見えるよ、見える、みえう、ミヤウ！
刀野平六　御頭、斬りますか。
沙　金　……私は太郎を信じる。それでいい？

盗賊達去る。

代わって、奥からドラクロアの『民衆を引き連れた自由の女神』が判官屋敷の人間達の手によって運ばれ、そして輸送される景色となる。

そこへ、あわてた様子で、海老の助がやってくる。

海老の助　待てい！
烏賊蔵　あ、海老の助様。
海老の助　これは、本日くだんの絵画を護送中の牛車か。
穴子郎　はい。
海老の助　間に合った。
穴子郎　何事です。その形相。
海老の助　今、判官屋敷から緊急連絡が入った。屋敷が《猫の瞳》に襲撃された。

烏賊蔵　襲撃？　やっぱりだ。化け猫が出たんだ。
穴子郎　いつか出るとは思っていたが……。
海老の助　この牛車も危ない。
烏賊蔵　え？　本当か。
海老の助　見ろ、煙が出ている。化け猫が出るぞ、離れろ。

牛車から出ている煙の付近で、パンパン、音がはじける。
慌てて、烏賊蔵と穴子郎が牛車から離れる。

海老の助　危ない！　危ない！　化け猫が出るぞ！

そう言いながら、海老の助は、その絵画を引っ張っていく。

烏賊蔵　助かった。

煙がおさまっていく。

烏賊蔵　おい、変じゃないか。
穴子郎　うん。
烏賊蔵　何だこれ、化け猫じゃないぞ。
穴子郎　ネズミ花火だ。
烏賊蔵　（見合わせる間）
穴子郎　海老の助様ー。

去った方角と反対側から、海老の助が出てくる。

海老の助　どうした。
烏賊蔵　あ、いえ、大丈夫でしたか。
海老の助　なにが。
穴子郎　あの護送中のアレです。
海老の助　アレ？　あれがどうした。
穴子郎　だって今、海老の助様が。
海老の助　何を言ってる。俺は今初めてここにきた。《猫の瞳》が狙っているやもしれない、この牛車が心配で。
烏賊蔵　じゃあ、今の男は？……
穴子郎　『自由』が盗まれたあ！

とそこへ、沙金達の盗賊団が現れる。
無論、顔は隠している。

盗賊達　待てい！
太　郎　くだんの絵画を護送中の牛車か！
刀野平六　その絵をよこせ！
十郎坊主　描かれた『自由』をワレワレに引き渡せ！
烏賊蔵　ない。
十郎坊主　え？
穴子郎　ないんだ。奪われた。
刀野平六　よこせ！
烏賊蔵　ない、ここにはない！
猪熊の爺　渡さねえか！
穴子郎　持っていけるものなら持って行け。

「渡せ！」「ない！」の押し問答の繰り返し。
両者、興奮している。

穴子郎　お前らの目はフシ穴か！
猪熊の婆　ないよ、本当に。
太　郎　俺達の手ですり替えるはずの『自由』が。
海老の助　こいつらは誰なんだ？
太　郎　あ？（顔を隠す）
猪熊の婆　あ、わたし達は只の通りすがり。
海老の助　通りすがりが、あんなに叫ぶか。
太　郎　遅れてきた盗人だ！
盗賊達　逃げろ！
海老の助　捕らえろ！
猪熊の婆　でも何もしてないよ、あたしたちは。まだ何も、あっお爺！　お爺！
猪熊の爺　ひー！（と、さっさと逃げてしまう）

盗賊団、辛うじてみな逃げおおせる。

海老の助　大変なことをしでかしてしまったな。
烏賊蔵　は？
海老の助　お前ら、あの絵の価値を知っているのか。
烏賊蔵　え？
海老の助　そんな小さな「え？」ですむような絵じゃない。判官様が三億円の保険に入ったばかりの絵だ。
穴子郎　どういうことで？
海老の助　三億円の絵だ。
二　人　え！！！？

天麩羅判官が出てくる。

天麩羅判官　どうした何が起こったんだ。

海老の助　本日午前九時二十分刑務所脇の通りにて、三億円事件発生です。
天麩羅判官　宮中に入るはずだったあの『自由』だ。迷宮入りさせるな！

すべて、奥へ走り去る。
代わって、盗賊達。
刀野平六、走り込んでくる。

刀野平六　太郎！　どこにいやがる。どこだ、叩ききってやる。
猪熊の婆　皆、バラバラに逃げてきた。
沙　金　太郎はまだだよ。
刀野平六　もう帰ってこないんだ。あいつ、やっぱり俺達を売りやがった。
次　郎　落ち着いてくれ、平六。
刀野平六　もう、次郎がいくら庇ったところで、我慢ならん。俺達は死ぬ目にあったんだ。
猪熊の爺　沙金、俺もそう思う。結局、太郎にはめられたんだ。

太郎、戻ってくる。いきなり斬ってかかる平六を組み敷く太郎。

刀野平六　畜生、返り討ちか。斬るなら斬れ！
太　郎　(手を離す)
刀野平六　何とか言いやがれ。
太　郎　考えているところだ。誰が『自由』をさらっていったのか。
猪熊の爺　しらばっくれるな。
太　郎　俺だと思うのか。え？　次郎お前もか。
次　郎　兎に角『自由』は消えた。目の前で目の前から。
沙　金　太郎、あたし達以外に今日のことは誰が知っていたの？
太　郎　知るはずがない。
猪熊の婆　じゃあ、本当に化け猫が出たのかい？
猫　見たかったなあ。
十郎坊主　でなけりゃ。
猪熊の婆　なあに？
十郎坊主　この中の誰かが抜け駆けしたってことだ。
猪熊の爺　だったら太郎だ。
太　郎　わかった。俺が一人でやってみせる。消えた『自由』を探し出して、俺が強奪してみせる！　一人でだ！　それでいいのか！

刀野平六　おお、やってくれ！
次　郎　きっと、この三億円事件は迷宮入りする。
猪熊の婆　え？　どういうこと？
次　郎　最初からそう仕組まれていた。そんな気がする。天麩羅判官は今頃、三億円を手にした上に、あの絵をまだ手元に持っている。判官が易々と、『自由』を手放すわけがない。あの絵は判官屋敷にまだ眠っている。僕はそう思う。
猪熊の爺　判官の酒代稼ぎに俺達は使われたのか。
猫　半分はあたっていた。しかし判官の思惑のもう半分が、これから盗人と猫の息の根を止めていくことを誰一人知らずにいた。化け猫なら何度も見てきた景色なのに、忘れっぽいなあ私。

代わって、判官屋敷。

天麩羅判官　事の次第をゆるりと話せ。
穴子郎　絶対に間違いない、海老の助様です。
海老の助　俺になすりつけるな。
烏賊蔵　でも俺も見た。本当に犯人は、誰の目にも海老の助様でした。
海老の助　だったら何故、俺がここにいる。
天麩羅判官　うーん、ぴんときた。
海老の助　どのように。
天麩羅判官　海老の助と瓜二つに化けた男が、あの絵をさらっていったのではないか？
穴子郎　どう見ても本人でした。
天麩羅判官　しかと顔は見たのか？　「化け猫が出る」と言われて動揺したのではないか？
烏賊蔵　そう言われれば。
海老の助　こいつらの職務怠慢で盗まれたんだ。いや、もしかしたら、こいつらこそ口裏を合わせた犯人の一味かも知れない。
天麩羅判官　その可能性もなくはない。
海老の助　なにしろ、後からやって来た間抜けな犯人の一味と間抜けなやりとりをしているのを見ました。
穴子郎　俺達は合わせて四つの目で事件を見たんです。
海老の助　私の視力は右200、左なんか800ある。お前らの目の千個分だ。
烏賊蔵　俺達が犯人なんてそんな。
穴子郎　判官様、公平なお裁きを。
天麩羅判官　（向き直って）それで？　お前達は？
保険のおばちゃん1　いえ、保険のことで訴えて出ました。

天麩羅判官　どういうことだ？　あれは実に私は運が良かった。あの絵に保険をかけておいたこと、感謝している。

保険のおばちゃん2　いえ、でも、まだあれは、たった一回分、今月の掛け金五千円しか払っていただいていません。

天麩羅判官　だが、保険金は、一億円ずつ合わせて三億円。私も、あの消えた絵に突然三億円の値が付いたようで驚いている。

海老の助　おかげで屋敷の蔵にも都の蔵にも春が戻ってもうクラクラ。

保険のおばちゃん4　たった五千円で、いきなり一億円。部長に怒られる。

保険のおばちゃん1　首になる。

保険のおばちゃん2　何か訴えずにいられない。

天麩羅判官　だれを。

保険のおばちゃん2　だれか。

八海山　うちの酒屋がどうして営業停止なのです。

天麩羅判官　牛車が刑務所のソバを通るのを知っていたのは、お前の店の客だけだ。

八海山　うちの店には罪はありません。

烏賊蔵
穴子郎｝　俺達にも罪はない。

保険のおばちゃん達　あたし達にだって。

海老の助　判官様、後世に残る立派なお裁きを。

天麩羅判官　うん。……猫のヒゲを切れ！

海老の助　は？

天麩羅判官　おわり。

海老の助　それだけで。

天麩羅判官　都にすむ猫という猫のヒゲを。さすれば、この事件不問に付す。

穴子郎　猫のヒゲを切るだけで？

天麩羅判官　夜毎、路地裏で酔っぱらい、私は知った。猫と盗人は同じ路地裏を逃げていく。猫のヒゲの長さはちょうど自分の体の幅だ。その路地裏を抜けていけるかどうか猫に教えるのが猫のヒゲ。それが路地裏のロジック。そして盗人に、逃げる路地を教えるのが、保険のおばちゃん、運送屋の兄ちゃん、酒屋のおいちゃん、無責任な路地裏の人々。犯罪者にとっての猫のヒゲだ。憂さ晴らしに面白がって逃げ道を教える。だが、今日盗人に、路地の生活をかき乱されて知っただろう。明日からは、路地に猫一匹通すな。猫を見つけたら、そのヒゲを切れ。

烏賊蔵　それだけで。

天麩羅判官　お前は不問に付す。

八海山　それだけで。

天麩羅判官　酒屋も営業してよし。

保険屋のおばちゃん達　それだけで。

天麩羅判官　この事件は決して迷宮入りしない、三億円は戻ってくる。（小声で）わけねえだろ。

一同　猫のヒゲを切ろう。都中の。

天麩羅判官　そう、身近なところから始めよう。

一同　ありがとうございます。

去る路地裏の人々。

海老の助　猫のヒゲなど切ってなんになるんです。

天麩羅判官　風が吹けば桶屋も儲かる。すり替えこそが、権力者のロジック。

海老の助　猫のヒゲがなくなれば？

天麩羅判官　猫が路地を通れなくなる。

海老の助　猫が路地を通らなければ？

天麩羅判官　路地は消える。

海老の助　路地が消えれば、なるほど！　そこに逃げ込んでいた盗人達の逃げ道はなくなる。

天麩羅判官　都からあやしき路地裏が消え、たましきの都大路ばかりとなりにけり。賤しき山がつを、路地裏に追いつめてばかりではダメだ。かえって逃げられる。これで路地裏へかくれ続けていた《猫の瞳》を都大路に引きずり出せる。

海老の助　そして追いつめるんですね。キャッツらを。《猫の瞳》を。

舞台、キャンバスが都の路地に見えてくる。
そこを逃げまどう猫達。

猫　その日から猫は、ヒゲがあるばかりに、この都の路地から路地へといわれなく逃げる身の上となった。それは、盗人達も同じ事。時に手引きさえしてくれていた路地裏の人々が、盗人達に手のひらを返した。猫のヒゲを切るように。その日から、盗人達は追いつめられた。遠い日のあの、山のあなたの人々のように。突如、都の人間に襲われた山人のように。盗人が猫と共に、都の路地を逃げまどった。

山深い木立のごとき都の路地を。

この台詞の間、逃げまどう猫達の姿は、次第に、盗人達そのものに変わっていく。太郎も無論その中にいる。ほっとして、路地裏へ逃げ込むたびにまた追われる。すっかり荒んだ沙金らのアジトへ逃げ込む太郎。

誰もいない。

猫　そんな折りも折り、おなかの中に子供ができた。救いようもない時に子供ができるのは、人も猫も同じだ。ったく、こんな時に。

猫を追って、猪熊の爺。

覆い被さろうとする。

猫　いやあ！　いやあん！　にゃあん！

太　郎　どうした。

猫　太郎、このお爺、おかしい。人間としての尊厳を失っている。犬畜生！

太　郎　猫に何をする。

猪熊の爺　お前こそ、何をする。

太　郎　俺ならこうする。（太刀を抜く）

猪熊の爺　ひ！　人殺し！　親殺し！

太　郎　人殺しはあたってる。でも親殺しはしない。すればお前が、親になるから。

猪熊の爺　（安心して）立派だ。斬れ、斬れ俺を。親殺しの箔がつくぞ。

太　郎　何故猫をこんな目にあわせた。

猫　そうだそうだ。

太　郎　子細を言え、言わねば。

猪熊の爺　言う、言う。だが言ったら言ったで、お前は殺しかねない。

太　郎　言うか言わぬか。

猪熊の爺　言う、言う。喋れぬ、放せ。

太　郎　お前が話せ。

猪熊の爺　言うさ。……だから……猫に薬を飲ませようとした。

太　郎　薬？

猪熊の爺　今の俺らじゃ、どうせ生まれたって、猫の子は飢えるだけ。可哀想だ殺しちまおうって、猪熊の婆が。優しいんだか、優しくないんだか。

太　郎　え!?　まさか、お前が猫をはらませたのか。

猪熊の爺　いくらなんでも、俺がそんな。
猫　どうだか、子供だった沙金とやったくらいの男だよ。
太郎　お前、相手は猫だぞ、恥ずかしくないのか。
猪熊の爺　あーやろうとはしたよ、でもできなかった。それがいけないことか？
猫　いけないよ。
太郎　いけないだろ。
猫　猫よ、あたし。
太郎　猫ならともかく。
猫　え？
太郎　猫とは呼んでるが、仮にもこいつは人だろう。

見れば、猫は惚けている。
猫とだけ呼ばれていた頭の弱い人間に見えてくる。

太郎　殺していいのか？　生まれる子を。人殺しだぞ。
猪熊の爺　ふん、人を平気で殺しているお前が生まれてもいない猫の子を大切にする。不思議だね。
太郎　それだ、お爺。分からないのは。戦争から帰ってきた男達の中には黙っているが、沢山の人殺しがいる。だが帰ってきて、この都の賑わいに紛れてしまうと、人を殺したことさえ忘れて子を作り孫を作り生きながらえてしまう。人殺しが化けていやがる、平和の中で笑いながら。これがもし今、大きな戦争だと思えばどうだ。俺は人殺しか？　英雄だ！　『自由』を求める英雄だ。そして、実際次郎はそうだという。どう思う？　俺は、只の人殺しか？　それとも、やがてなにかに化けられる人殺しか？
猪熊の爺　わからぬ。
太郎　分からぬのなら、戦場の外で殺生するな。猫の子一匹。
猪熊の爺　お前は俺に怒ってるんじゃない。このままでは俺みたいな男になっていくんじゃないか、それに脅えているんだ。

猪熊の爺、逃げ去る。猫も何処かへ。
代わって、猪熊の婆、刀野平六、そして最後に十郎坊主が逃げ込んでくる。

太郎　どうだった？
十郎坊主　ダメだ、今日も何一つ盗めやしない。

刀野平六　刀一本を盗むのにも何百年もかかりそうだ。
猪熊の婆　以前は、次郎の計画通りに何もかもが上手くいってたのに、ことあの『自由』を奪うとか言ってから失敗続きだ。
刀野平六　金とか、米とか着物とかすぐに食えるものを盗めば良いんだ。
太　郎　近頃は、それさえもままならない。
猪熊の婆　ついこの間までは、路地へさえ逃げ込めば、あっちだとか、頑張れよとか、おにぎりくれたり、季節によってはボジョレヌーボー飲ましてくれたよね。
十郎坊主　ちょっと寄っていきなって、それでお礼に、ほらこれ太政官のお屋敷から盗みたての簪、似合ってるよ、あらあんがとよ、また寄ってくれってな。
太　郎　路地に生きる人間の晴らして貰いたい思いを代わりにぬすみで晴らしてやった。
刀野平六　それが今は、俺達を道案内する猫がいない。
十郎坊主　猫を見るだけで怖がって扉を閉めて「盗人だ！」って叫び出す。あいつら自分を市民って呼んでる。
刀野平六　しみん？
猪熊の婆　しみんたれた都の人間さ。
刀野平六　そんなんでもいいから、めしくいてえなあ。
太　郎　沙金は？
猪熊の婆　今しがたそこで見たよ。

次郎が出てくる。

猪熊の婆　ああ、次郎だ、次郎がいたんだ。

緊張走る。次郎はその円座の、太郎の向かいに座る。
沙金が出てくる。次郎の隣に座りかけて、太郎の隣に座りバーボンを渡す。
ふっと、円座が崩れる。

沙　金　近頃は、みんなマルクすわらなくなったね。
猪熊の婆　マルクすわりつづけるなんて無理なことなのさ。
沙　金　マルクすわりな！
太　郎　はっぱがはいってる。
沙　金　そう？
太　郎　タバコの葉っぱだ。
沙　金　なんでそんなものが入ってるのかしら。

太　郎　お前が入れたのか。
沙　金　そうかもしれないよ。
太　郎　（太刀に手をかけて立つ）
刀野平六　御頭に手をかけるのか。
沙　金　お前が下手ばっかりうってさ、それでアジトの中はすっからかんだよ。
十郎坊主　御頭、太郎ばかりが悪いんじゃない。
刀野平六　あれからケチが付いたんだ。
猪熊の婆　あれから？
刀野平六　『自由』を奪うなんてどだい無理だ。《猫の瞳》なんて名は捨てて、只のケチな盗賊に戻ろう。
十郎坊主　そんな盗みは昔の盗みだ。昔の俺達だ。せっかく次郎が……。
太　郎　そう、俺達は《猫の瞳》という名を知らず盗んでしまった。崖っぷちへ行くまで後へは引けない。
猪熊の婆　ひとつ聞きたいんだ、次郎。
次　郎　なんだい。
猪熊の婆　『自由』を奪った先に何があるんだい？
次　郎　え？
猪熊の婆　その『自由』は奥深い山に持ち帰り暮らすことができるやつなのかい？　古の山人のように、苫屋から立ち上る煙りを見て、あー、と声出したり、朝、雲間からこぼれる光の指を見て、ふー、とか息を吐けるやつかい？
次　郎　手にした『自由』次第さ。
太　郎　もうみんな一杯一杯なんだ。この都にも俺達が隠れる路地は、爪の隙間くらいしかなくなった。山に逃げるか、一気にかたつけるか。
沙　金　だったらどうなの、太郎お前は。
太　郎　え？
沙　金　一人でも判官屋敷に打って出るって、啖呵きったのに。
猪熊の婆　そりゃ、一人はいくらなんでも……。
沙　金　やるやるって、いつやるのさ。
太　郎　黙ってろ！（立ち上がる）
次　郎　御頭に手をかけるのか！
刀野平六　え？
太　郎　俺はやる、じきにやる！
次　郎　誰もが兄貴を信じきっちゃあいないんだ。いつまた、判官の犬に戻るか。
太　郎　黙ってろ！

太郎と次郎、刀を抜きあい殺し合いがはじ

まりそうになる。
両者を引き離す景色、スローモーションで奥へはいっていく。
沙金と太郎が残る。

太郎　初めてお前と会った日から、俺はお前を後ろに乗せて、鬼百合の花咲くところまで、ずっと走り続けている。けれど、俺にはまだ崖っぷちが見えない。

沙金　お前は、長距離ランナーなんだよ。

太郎　え？

沙金　私はね、十分先にどきどきすることが待っていれば生きていける女。短距離ランナー。お前は、長距離走者さ。猫と同じ瞳をしている。近くを見ているのに忘れっぽくて、遠くを見ているように見える。だから時折、お前の瞳は、山のあなたを見ているようで、孤独に見える。かわいそうね。

太郎　次郎はどうだ。

沙金　長距離ランナーと思いこんでいる短距離選手。不幸かも知れないけれど孤独ではない。

太郎　沙金。

沙金　なんだい。

太郎　今夜、俺と一緒に都を出よう。

沙金　え？

太郎　お前が逃げれば、誰もが逃げられる。崖っぷちまで行かずに。そんな気がする。

沙金　都は出ないよ。

太郎　次郎がいるからか。

沙金　何言ってんのさ。

太郎　このままでは、いつか俺は次郎を殺すやもしれない。そして俺はお前をうしろに乗せたまま。

沙金　崖っぷちをジャンプかい？　それとも（口笛ふいて）ひゅ――――。（落っこちる仕草）

太郎　お前はもう、俺に惚れてないのか。

沙金　（指で、何かを書く仕草）

太郎　都を出よう。このとおり頼むのだ。おれの言うことを聞け。おれにお前を救わせてくれ。お前と一緒におれを救わせてくれ。

沙金　できないよ。

太郎　……そう言うだろうってことは、わかっていた。

沙金　でも、今夜、逃げる約束はできないけれど、盗りに行こう。

太郎　え？

沙　金　あたし達で、鬼百合の花を。崖っぷちまで。
太　郎　どういうことだ。
沙　金　判官の屋敷が、今夜手薄らしい。
太　郎　どうやって知ったんだ？

沙金、太郎にくるりと背を向け、袖に向かって喋り始める。次第に太郎は遠ざかり、去る。

沙　金　では、よくって、赤ヒゲきっと忘れちゃいやよ。
袖からの声　俺が引き受けたからには、大船に乗ったつもりでな。
沙　金　私の方じゃ命がけよ。
袖からの声　俺もこれで命がけさ。

次郎、それを見ている。猫も、いつしかこの場にいる。

沙　金　今の赤ヒゲ、見た？
次　郎　見なくってさ。
沙　金　あれは、天麩羅判官の屋敷の新しい舎人。
次　郎　そして、お前の新しい男か。
沙　金　あいつ、なんでもあたしの言うことをきく。お陰で、なにもかもがわかったの。
次　郎　なにもかも？
沙　金　判官屋敷のあの絵が裏門の厩の中に隠されていることまで。
次　郎　え⁉
沙　金　間違いないのよ。次郎。盗れるときが来たわ。今夜にでもやるわ。
次　郎　だったら、用意周到にした方がいい。
沙　金　だってもうどうやったって、見張りは厳しい、あの『自由』は奪えそうもないでしょう。
次　郎　いや、いつか隙が出る。
沙　金　それが今夜よ。あたし、話してしまったの今の男に。《猫の瞳》が、今夜判官屋敷を襲うってこと。
次　郎　どうしてそんな……ますます厳戒態勢を敷かれてしまう。
沙　金　あなたのためにしたの。
次　郎　え？
沙　金　わからない？　今夜、判官屋敷に隙が出た。そう言って太郎に頼んだの。勿論あたし達も行くわ。でも、密偵だと疑われ続けている太郎は必死だわ。必死にあの『自由』を裏の厩へ奪いに行く。でもね、いくらなんだって一人じゃかなわないでしょ。多少の加勢があったってしれたもの。そうすれば、あなたも私も、いいじゃないの。

次郎　……。

沙金　ね。

次郎　兄貴を殺す！

沙金　殺しちゃ悪い？

次郎　悪いよりも兄貴を罠にかけて。

沙金　じゃあ、あなた殺せて？

次郎　しかし、それは卑怯だ。

沙金　卑怯でも仕方がなくはない？

次郎　それも兄貴一人やるならいいが、仲間を皆危ない目にあわせてまで。

沙金　今言ったわね。

次郎　え？

沙金　兄貴一人ならまだしもって、一人やるならいいのね、なぜ。

次郎　いや。

沙金　太郎を殺していいのなら、仲間なんて何人殺してもいいでしょう。

次郎　お婆はどうする。

沙金　死んだら死んだときのことだわ。あなたのためなら、わたし誰を殺してもいい。世界が粉々に砕けてしまってもよくってよ。

次郎　しかし、兄貴は。

沙金　私は親も捨てているじゃないの。あたしは話してしまったの。今更取り返しはつかない。もしこれが知れたら私は……仲間に、太郎に殺されてしまう。

躊躇っている次郎の、背中を沙金が押す。
いつの日かの太郎のように。

猫　あたしは、何かに化けなくてはいけない。必死にそう思った。何かに化けて、盗賊達に教えてやろう。何かに化けよう、何かに化けよう……。

と、そこは、一気に判官屋敷を襲う盗賊達の姿に変わる。
芝居冒頭の景色、無数の欲望が眠る真夜中の都、その羅生門。

沙　金　いいかい。今夜の仕事は天麩羅判官の屋敷、これで全てを決める。皆そのつもりでいておくれ。父さん母さんは、太郎と一緒に裏から、後は私と一緒に表から入ってもらうよ。狙うはアレ、あれは太郎、あなたに頼んでおく。どんなことがあっても、手に入れて。よくって。

猪熊の婆　しっ！　誰だい。

お腹の大きくなっている猫、沙金に近づく。

刀野平六　なんだ、猫か。

十郎坊主　沙金の猫だ。

猫　今夜ほど人に言葉が通じないことが辛い夜はないよ。

沙　金　(猫に)いい子だね。でもお前はつれていけない。おなかに子供もいるし、ここで待っていておくれ。ひとときかふたときで、皆帰ってくるからね。

猫　何かに化けようと思う必死の思いは、私の陣痛に変わった。よりによってこんな時。

太　郎　されば行こう！

一　同　おー。

太　郎　抜かるまいぞ、(刀に)わが太刀、多襄丸！

盗賊たち、二手に分かれ「天麩羅判官」の屋敷へ攻め入る。

と、一斉に、弓を射かけられる。

瞬く間に盗賊の一群はちりぢりとなる。

猪熊の爺　ひー、ひー。

太　郎　どういうわけだ、猪熊の爺。

猪熊の爺　お前が知ってるんじゃねぇのか。

太　郎　誰かが密告したんだ。

猪熊の爺　お前以外の誰が？

太　郎　誰かだ。

猪熊の爺　だまし討ちだ！　だまし討ちだあ！

太郎と猪熊の爺別方向へ。

猪熊の爺　逸るまいぞ、わしはこの屋敷の家人じゃ、危ねえ危ねえ間違えるところだったぞ、おー危ねえ。

侍　1　嘘をつけ、おのれにたばかれるアホと思うか。

猪熊の爺　何がうそじゃよ、うそでござった、許せ殺すな。

侍　２　まだ若いんだあ！
猪熊の爺　それだけ生きれば十分だ、爺。
嘘をついたがどうしたあああ！　さあこい、ひー！

爺、袈裟懸けに斬られ、倒れる。

猪熊の爺　ひー、えぐられた！　肉が、俺の肉があ！　くわせおった！

そこへ、猪熊の婆が勢いよく飛び出してくる。
爺を庇う婆、だが一太刀浴びる。

猪熊の婆　お爺！……おじじ……おじじ。
沙　金　裏門はどう？
刀野平六　あっちは、みんな引き上げます。
十郎坊主　肝腎の太郎が、門の中で奴らに囲まれちまって。
沙　金　囲まれてどうしたの？
十郎坊主　え？
沙　金　どうしたの？
刀野平六　何がなんだか、なんでこんな事になってるのか。

十郎坊主　お爺やお婆も、手を負ったようで。どうします御頭。
刀野平六　おかしら！
沙　金　私たちも引き上げましょう。

と、激しい弓の雨。

刀野平六　御頭に怪我をさすな。前へ出ろ、前へ！
十郎坊主　おりゃあ！　うがあ！（矢が刺さる）
刀野平六　十郎が！　十郎坊主！
十郎坊主　もげたあ！　もげたあ！　足が！　いてえ！
次　郎　（腰の太刀を抜き払う）くそっ！
刀野平六　おぬしは、御頭に付き添え！　十郎坊主は俺が看取る。ふひゃあ！
十郎坊主　神様、おかあちゃあん！　死にたくねえよう！
次　郎　沙金！（沙金を追っていこうとする）

次郎に一人の男がきってかかる。
辛うじてよける。

次　郎　この男、あの沙金と話していた赤ヒゲ、え？　まさか、この男と腹を合わせて沙金は兄のみならず、自分をも……うわあああ！　死んでたまるか、ここで。（空を見上げて）猫の瞳の中の小さな月が、俺を蔑んでいる。兄を殺そうとした俺がかえって犬に喰われて死ぬ。これより至極な天罰はない。

遠くから疾走する馬が姿を見せる。太郎が乗っている。

太郎　盗るぞ！　盗るぞ！　盗ってやる。誰だ？……次郎か？　犬に喉を食われんとしているのは。走れ、走れ、このまま走りすぎてしまえば、万事は休する。いつか俺がしなくてはならない事を犬が代わってしてくれる。それだけのことだ、走れ。何故走らない、走れ、闇の奥へ……。

馬の足音、遠くへ。
が、止まる。

太郎　弟……弟……弟。

そして、戻ってくる馬の足音。

太郎　空も見ず、路も見ず、月はなおさら目に入らず、ただ見たのは限りない夜。次郎！　乗れ、俺の後ろに！　共に盗りに行くぞ、この限りない夜の奥に潜んでいるあの『自由』を。

太郎、次郎と共に馬に乗った仕草で、奥にある、ドラクロアの『民衆を引き連れた自由の女神』へ向かって突っ込んでいく。
それを阻もうとする判官屋敷のものとの、大立ち回り。
そして、その『自由』を手にした見得あって。

海老の助・烏賊蔵・穴子郎　判官様ー。自由の女神を人質にとられました。
天麩羅判官　太郎の愚直さが何に化けてしまったんだ。
海老の助　自由の正体がばれてしまいますね。
天麩羅判官　ああ、泥酔した都の闇の底に沈む自由の顔が。
ぐるりを囲め。

巨大な鉄球が振り子のように降り下ろされ、壁も天井も何もかもが破壊される。

刀野平六は十郎坊主を、猪熊の婆は猪熊の爺を、そして沙金は孕んだ猫を連れて、太郎と次郎の元に集まる。

それは『民衆を引き連れた自由の女神』の絵を楯に、籠城する盗賊の姿。

海老の助　判官様、キャッツら『自由』を楯に籠城を始めた。

猪熊の婆　お爺、お爺。

刀野平六　十郎！　十郎。

猪熊の爺　死ぬのか、俺は。

猫　化けなくちゃ、化けなくちゃ。

猪熊の婆　こんな時にまた、オネガイの奴陣痛だ。

猪熊の爺　俺と入れ替わりか。

猪熊の婆　え？

猪熊の爺　オネガイの子が生まれるまではここは守ってやれ。

刀野平六　できることはもうそのくらいのことしかなくなった。

猫　化けなくては、化けなくては。盗人達のためにも早く、早く。その思いが産まれてくる子供に伝わっているのが分かる。思い出したのあたし今頃、あたしは、希望の化け猫。盗人達の希望に化けよう。

沙金　(その絵に異常に興味をしめして）これね、これが自由。この女が？　それともこの闘いの姿が？　それとも……。

沙金がその『自由』を触ろうとすると、その絵のそこから隠されていたように、バラバラッと銃が出てくる。

天麩羅判官　とうとう知れてしまいました。自由の正体。人々は、女神の右の手にする自由ばかりに気を取られているが、自由にはもう一つの顔がある。歴史の泥酔の中で、闇の奥に葬られたもうひとつの自由、自由を守るために隠し持っている自由。

海老の助　女神が左の手に持っているものですね、あれは？

天麩羅判官　無法者が闘うときに手にする自由。今、「じゆう」が「銃」に化けた。

海老の助　猫の瞳が闇で大きく見開かれ、化け猫に変わりました。キャッツらが銃を手に闘い始めました。

銃を目の当たりにした盗賊達。
それを、手にする沙金。

沙　金　これが、次郎の言っていた山のあなたにある自由ね。

太　郎　自由の正体なんてこんなものか。この銃で奪い、この銃で守られてきたんだ。

沙　金　確かに凄いわ。どんなことでもできそうだわ。

と、沙金籠城している外へ向けて、銃を構える。

太　郎　やめろ沙金。

沙　金　向こうも弓を引いているのよ。嵐のように矢を浴びせかけたのよあいつらは。これは、崖っぷちまでのチキンゲーム、どきどきするわ。

太　郎　おろせ沙金、その銃口を！

と、太郎、別の銃を手に取り沙金に構える。

刀野平六　何をする太郎、御頭に！

次　郎　よせ、平六！

と、沙金は外へ向けて。
太郎は沙金に向けて。
平六は太郎に向けて。
次郎は平六に、
それぞれ銃口をかまえたまま。

天麩羅判官　太郎、お前の愚直さに告ぐ。その自由に弾丸をこめる前に、お前の愚直さがその仲間を引き連れて、外へ出てこい。

海老の助　そうすれば、お前もやがて判官様になることができる。

天麩羅判官　たとえ誰もが忘れ去っても、俺はお前を信じていつまでも外で待っているぞ。

刀野平六　やっぱり太郎か、今日も俺達を売ったのは。

猫　違うよ、ちあう、ちやあう！

猪熊の爺　お前が密告者か。

刀野平六　どうなんだ。

猪熊の爺　みくびってた。お前は、俺以下の人間だ。

刀野平六　答えても答えなくても、お前を撃ち抜く、どうなんだ!

太　郎　そうだ。俺でいい。だから銃口をおろせ、沙金。こんな銃を向け合った姿が、山のあなたの自由の姿なのか。いつのまに、こんなものにすり替わったんだ。

天麩羅判官　盗人達に告ぐ。自由に弾丸をこめる前に出てきなさい。そして太郎、お前は、一枚の絵の中で、自由の横に立つ英雄になる。

刀野平六　御頭に向けた自由の傷口を下げろ。その光る傷口を。でなければ撃つぞ!

太　郎　ああ、撃て。俺も沙金を撃つ。罪を犯すたびに次なる罪が追いかけてくる。今度は何だ。愛したものを殺す罪か。愛したものを殺す自由を俺は、手にしているというわけか。沙金、頼む。それを遠い冬の山に向けて撃てば、「じゅう」が「じゆう」を殺すことになる。

沙　金　刀を持つのも、この銃を持つのも同じことだよ。

太　郎　いや違う。そうしてすり替えていってはダメだ。この銃の次は何だ。何を手に持つ、沙金、頼む聞いてくれ、その銃をおろせ。俺にお前を救わせてくれ。お前と一緒に俺を救わせてくれ。

沙　金　できないよ。私はもうお前に惚れていない。でもお前はまだあたしに惚れている。うそをつくのはいくらでもできる。でも、その手間をかけるのもいや。

太　郎　ここにはもう、何もなくなった。

猫　みよう、みよう。

沙　金　あるわ、希望が。

太　郎　え?

沙　金　ごらんよ、オネガイから希望が生まれる。

猫　みよう、みよう。

沙　金　あたしが今、名前を付けた。

刀野平六　光る傷口をさげろ!

次　郎　平六。

刀野平六　え?

次　郎　撃つな。みんなを裏切ったのは兄貴ではない。

刀野平六　どういうことだ。

猪熊の爺　この中の誰かということか。

次　郎　そうだ。

太　郎　いうな、次郎。俺も知りたくない。俺でいい。沙金がその自由を呑み込む口をおろしてくれさえすれば。

刀野平六
猪熊の爺｝誰だ、誰なんだ。

次　郎　俺と。

太　郎　言うなあ！

次　郎　沙金だ。

間、

刀野平六、銃口を下げる。

太　郎　俺達の希望が死んだ。

沙　金　子猫が生まれたわ。

猫、子猫に変わる　希望に化けるのが遅すぎた。

刀野平六　御頭が俺達を売った。

魂が抜けたように、平六ばかりでなく、猪熊の爺もそこで死んだ盗賊達も、次々とその一枚の絵のソバから去っていく。籠城していた者達が、山から下りて行くかのようだ。

だが、その周りの姿も目に入らぬかのように、銃を構え続ける沙金。

沙　金　前へ行くよ、前へ。崖っぷちまでいって、あの崖の端に咲く鬼百合の花の所までいって、そして深い深い崖の下をのぞき込むの。自由の深さを。誰もが怖がるその深さを見るの。その闇は漆黒の闇よりも深い。そしてその闇の色は私の瞳の色の深さ。罪と同じくらい、救いようもなく深いわ。

太　郎　それは、俺がお前の瞳を見るときにいつも俺の感じた世界の果ての恐ろしさ。限りない夜をお前は瞳の中に飼っている。

沙　金　もう一歩、前へ行くわ。用心深くね。

太　郎　もうよせ、沙金。

沙　金　あと少しだもの。きっとこれで、鬼百合をこの足で踏みつけることができる。そして見えてくる。人の持つ自由の深さは罪の深さよ。

太　郎　え？

沙　金　あたし、撃つわ。その罪深い自由に弾丸をこめて。

太　郎　俺にお前を救わせてくれ。そして、お前と一緒に俺を救わせてくれ！

沙金よりも早く、太郎、沙金に向かって撃つ。一発目はあたらない。
沙金は、『自由の女神』の楯の後ろに入る。
そして太郎は、その絵の自由の女神の胸をめがけて、発砲する。
絵の中の自由の女神の胸から、一筋の赤い血が流れる。
子猫の鳴き声がして、その絵の裏から、生まれたばかりの子猫が出てくる。
オネガイにそっくりのキボウ。

太郎　その日は、じゅうが自由を殺した記念日。外へ出ても自由にこめる弾丸はなく、ましてもちろんここにも自由にこめる弾丸はない。自由にこめられた盗人達の思いを見てきた一匹の猫、忘れっぽいお前、今生まれたばかりのお前、きっとお前は知らないだろうが、お前は恨みを晴らすために生まれた化け猫ではない。希望を晴らすために化けて出てきた猫。だから、人の子が、山のあなたでも見るような遠い瞳で、えいえん、えいえんと泣くのを聞いて、忘れっぽい猫の子は、その永遠を見よう見ようと、ソバで鳴くのだ。おい、猫。この脅迫状を忘れっぽい奴らに届けてくれ。化け猫が出る季節を楽しみに待て。希望が化けて生まれる季節を。

猫　(きょとんとして) みよう、みよう。

太郎　(外へ行け、という仕草をして) えいえん、えいえん。

猫　(外へ行きかけて、また戻って) みよう、みよう。

太郎　(外へ行けの仕草) 永遠、永遠。

猫　(行きかけて、また戻り) 見よう見よう。

太郎　行け！

外へ去る猫。
一人残る太郎。

太郎　それから俺は、女神と呼ばれた女が左手に持っていた「じゅう」を奪い、タマを空にして冬の空に発砲した。冬の空に向かって空玉を撃つと、パーンと乾いた音がした。外の人間は、それがタタカイのはじまりだと思った。だが俺は知っていた。それは、終わりを告げる空砲。自由を盗もうとした盗人達の物語はとうにここで息たえていた。

銃を天に向かって撃つ。

パーンと音がする。

太郎は、その一枚の絵『民衆を引き連れた自由の女神』のソバにいつづける。

「カノン」は、プロスペル・メリメ『カルメン』と芥川龍之介『偸盗』を下敷きにしています。

作者

キャスト・スタッフ

野田地図番外公演「Ｒｉｇｈｔ　Ｅｙｅ」作・演出　野田秀樹

出演者

野田秀樹

牧瀬里穂

吹越　満

東京公演：一九九八年十二月三日〜十二月二十九日　シアタートラム
大阪公演：一九九九年一月九日〜一月二十四日　近鉄アート館

野田地図第七回公演「パンドラの鐘」 作・演出 野田秀樹

出演者

堤真一…………ミズヲ
天海祐希…………ヒメ女
富田靖子…………タマキ
古田新太…………カナクギ教授／狂王
松尾スズキ……ハンニバル／男
銀粉蝶…………ピンカートン未亡人／古代の未来の王
入江雅人…………オズ
八嶋智人…………イマイチ／古代の未来の参謀

明楽哲典…………コフィン
春海四方…………リース
戸谷昌弘…………ハンマー
張春祥…………スペード
野田秀樹…………ヒイバア
堀朋恵…………サクラ
豊川栄順…………ドーベルマン
音室亜冊弓……モモ

一九九九年十一月六日〜十二月二十六日 世田谷パブリックシアター

野田地図第八回公演「カノン」 作・演出 野田秀樹

出演者

唐沢寿明……太郎
鈴木京香……沙金
野田秀樹……天麩羅判官
岡田義徳……次郎
須藤理彩……猫
手塚とおる…刀野平六
広岡由里子…猪熊の婆
大森博………海老の助

宮迫博之……十郎坊主
小林正寛……侍・烏賊蔵 他
春海四方……蛸吉・穴子郎 他
蛍原徹………侍・八海山
瀧山雪絵……女・お通し 他
杉本恵美……女・保険のおばさん
保坂エマ……女・保険のおばさん
串田和美……猪熊の爺

東京公演:二〇〇〇年四月一日~五月十四日 Bunkamuraシアターコクーン
大阪公演:二〇〇〇年五月十九日~五月二十八日 近鉄劇場

スタッフ

［Right Eye］
作・演出　野田秀樹
美術　堀尾幸男
照明　小川幾雄
衣裳　日比野克彦
選曲・効果　高都幸男
ヘアメイク　高橋功亘
舞台監督　廣田進
演出補　高都幸男
制作　西村聖子
プロデューサー　北村明子

［パンドラの鐘］
作・演出　野田秀樹
美術　堀尾幸男
照明　小川幾雄
衣裳　日比野克彦
選曲・効果　高都幸男
振付監修　前田清実
ヘアメイク　高橋功亘
舞台監督　廣田進
演出補　釜紹人
制作　北村明子

［カノン］
作・演出　野田秀樹
美術　堀尾幸男
　　　升平香織
照明　小川幾雄
衣裳　ひびのこづえ
選曲・効果　高都幸男
ヘアメイク　高橋功亘
舞台監督　廣田進
演出補　釜紹人
制作　北村明子

あとがき

あと書きって、大体何よ。

もう、あんた、さんざん書いたんだからいいんじゃないの？　このうえ、あと書きで何したいのって感じ？　どうよ。

いつから、この悪い習慣ができたのかね。

たとえば今ここに、三本の戯曲がある。作家の人、精魂こめて、これ書いたね。それを一冊の本にまとめる時「まとめるにあたって……」って言われてもさ、そりゃ、あんた、最初からこの三本を一冊の本にまとめようと思って書いたわけじゃないんだから、もっともらしいことなんて書けんでしょ。

或いはさ、「あと書きとは、ある種、その本の余韻のようなものだ。そもそも余韻とは、広辞苑によれば……」なんて、書きたくない心まるわかりの文章を書けんでしょ。大体、「辞書によれば」って書く奴は、もう書くことないから、辞書にすがってるね。とりわけ「広辞苑によれば」って書き出す奴は、権威にすがってるね。いやだね、いやだね、いやなら書かなきゃいい。

あたしゃ、そもそも、思い出づくり屋さんじゃないから、あ、思い出づくり屋さんって、思い出をつくることが、人生のイベントだって思ってる人たちのことね。「あの頃の湘南さあ……」「しょうなんだあ……」みたいな人たち？

でね、あたしゃ、そういう人間じゃないから、書いた本、やった芝居、やった女、みんなかたっぱしから忘れちゃうの。作品に感慨なんてないわけよ。たとえば今、次の芝居のことで頭一杯。本当のことというと、実はさっき、その芝居を書きあげたの。この本に入っている三本の戯曲の次に書いたやつ。いわゆる新作？　もう、新作のことで、天狗のおいちゃんの頭は一杯なわけ、あれは、杉作？　え、もう誰も知らない？　そういうことだよね。時の移ろい？　こわいよねえ。それで文字にするんだよね。思い出づくりだよね。文学は人間の。うざったいよね。そういう作家。20世紀の大事をのこす為に、「パンドラの鐘」を書きました。とかいう奴。おいおい、本当かよって気になっちゃうもの。人間って、そんな深刻なのかって思っちゃうもの。ま、深刻なんだけど……そんなとこかなあ。

あ、これ、「あと書き」なんて呼べるような文章になってないから、(談)にしといて(談)。あ、(笑)でもいいけど。

あ！　そうか、あと書きってそういうことだね。

今、とりあえず書いてみました。でも、実はそれは(談)でした。とか、(笑)でした。ってつけ足す余韻？

わかったすよ、じゃあ、この戯曲集の余韻を一文字のカッコつきの漢字で、やっつけちゃいますよ。

第一回『20世紀最後の戯曲集』のあと書きを発表します！　ドロ、

因みに和田アキ子風に、「ハ！」と読みます。

二〇〇〇年八月

野田秀樹

本書には差別的表現ととられかねない表現が出てきますが、著者の意図が差別を助長するものではないことはあきらかです。読者の皆さんのご賢察をお願いいたします。

〈編集部〉

20世紀《せいき》最後《さいご》の戯曲集《ぎきょくしゅう》

著　者………野田秀樹《のだひでき》

発　行………2000年 9 月10日
5　刷………2003年 12 月20日

発行者………佐藤隆信
発行所………株式会社新潮社

郵便番号 162-8711 東京都新宿区矢来町 71
電話　編集部(03)3266-5411
　　　読者係(03)3266-5111
http://www.shinchosha.co.jp

印刷所………株式会社三秀舎
製本所………株式会社植木製本所

価格はカバーに表示してあります。
乱丁・落丁本は、ご面倒ですが小社読者係宛お送り下さい。
送料小社負担にてお取り替えいたします。

ISBN4-10-340512-0 C0093